소중한 ________________________ 에게

________________________ 가(이) 선물합니다.

____

피노키오

카를로 콜로디 지음

1826년에 태어나 1890년에 세상을 떠난 이탈리아의 아동문학가로, 본명은
카를로 로렌치니(Carlo Lorenzini)입니다. 이탈리아의 통일·독립 전쟁에 참전한 애국주의자입니다.
관리가 된 적도 있지만, 이탈리아의 미래를 이끌 아동을 위해 아동 문학에 전념하였습니다.
대표작으로 「피노키오의 모험」(1883)이 유명한데, 이 작품은 지금도 전 세계에서 널리 읽히는
명작으로 손꼽히고 있습니다. 그 밖에 「눈과 코」「즐거운 이야기」 등의 작품이 있습니다.

윤수천 엮음

충북 영동에서 태어났으며 국학대학 국문학과를 2년 수료하였습니다.
1974년 소년중앙문학상에 동화가, 1976년 조선일보 신춘문예에 동시가 당선되었습니다.
그동안 동화 「행복한 지게」「엄마와 딸」「인사 잘하고 웃기 잘하는 집」「똥 할아버지는 못 말려」
「방귀쟁이하곤 결혼 안 해」「열 살 아저씨」 등을 펴내 한국아동문학상·방정환문학상·
한국동화문학상을 받았습니다. 지금은 동화를 쓰며 강의도 하고 있습니다.

2025년 02월 25일   3판 7쇄 **펴냄**
2013년 01월 25일   3판 1쇄 **펴냄**
2007년 08월 25일   2판 1쇄 **펴냄**
1992년 06월 11일   1판 1쇄 **펴냄**

펴낸곳 (주)효리원
펴낸이 윤종근
지은이 카를로 콜로디
엮은이 윤수천·**그린이** 유주영
등록 1990년 12월 20일·번호 2-1108
우편 번호 03147
주소 서울시 종로구 삼일대로 457, 406호
전화 02)3675-5222 · **팩스** 02)765-5222

© 1992, 2007, 2013. (주)효리원

ISBN 978-89-281-0254-9 64880

이메일 hyoreewon@hyoreewon.com
홈페이지 www.hyoreewon.com

피노키오

카를로 콜로디 지음
윤수천 엮음 / 유주영 그림

효리원
hyoreewon.com

어린이 여러분은 혹시 학교에 가기 싫거나 공부가 지겹다는 생각이 든 적은 없나요? 있다고요?

그렇다면 이 책을 끝까지 다 읽어 보세요. 이 책의 주인공 피노키오도 여러분처럼 학교 가는 것이나 공부하는 것을 아주 싫어한답니다.

거기다 부모님 말씀도 잘 듣지 않고, 게으름 피우기를 좋아하며, 거짓말도 자주 합니다. 물론 진짜 마음이 나쁜 아이는 아니지만요. 그런데 만일 학교에 가고 싶지 않거나 공부하기 싫을 때 정말로 학교에 가지 않고 공부도 하지 않는다면 어떻게 될까요?

이 책의 내용은 피노키오가 학교에 가지 않고 집을 뛰쳐나온 뒤에 세상을 떠돌아다니며 겪는 이야기입니다.

여러분이 이 책을 다 읽고 나면 지금 당장은 하기 싫은 일이지만 왜 잘 참고 해야 하는지 깨닫게 될 것입니다.

이 책은 '카를로 콜로디'라고도 하고, '카를로 로렌치니'라고도 하는 이탈리아의 작가가 썼습니다.

책을 쓴 이유는 어린이들에게 진짜 어른이 되는 법을 가르쳐 주기 위해서 썼다고 합니다.

누구나 어릴 때는 조금씩 말썽을 부린답니다.

훌륭한 어른으로 자라려면 어떻게 해야 할지 깊이 생각하고 실천해 보세요.

여러분은 정말 훌륭한 사람이 될 것입니다.

엮은이 윤수천

차례

이상한 나무토막

‘옛날 옛날에…….’라고 이야기를 시작하면 여러분은 “한 임금님이 살았는데…….”라고 말할 것이다.

하지만 그건 틀렸다.

이 이야기는 ‘옛날 옛날에 나무토막이 있었다.’로 시작된다. 그 나무토막은 최고급 나무도 아닌 그냥 보통 나무토막일 뿐이었다. 겨울이 되면 방을 따뜻하게 하려고 아궁이에 때는 그런 흔한 나무토막 말이다.

어느 날 이 나무토막이 목수인 안토니오 할아버지의 가게에 있었다. 사람들은 안토니오 할아버지를 ‘버찌 할아버지’라고 불렀다. 코가 항상 버찌같이 빨갛고 반질반질했기 때문이다.

버찌 할아버지는 이 나무토막을 발견하자 무척 기뻤다.

"마침 잘됐구먼. 작은 탁자용 다리가 필요했는데."

할아버지는 나무껍질을 다듬으려고 도끼를 집어 들었다. 그런데 도끼를 내려치려는 순간 할아버지의 팔은 공중에서 그대로 멈춰지고 말았다.

"제발, 너무 세게 치지는 마세요!"

어디선가 애원하는 가냘픈 소리가 들렸기 때문이다.

버찌 할아버지가 얼마나 놀랐는지는 여러분도 상상이 될 것이다! 할아버지는 그 목소리가 어디서 나는지 알아보려고 방 안을 살펴보았다. 하지만 아무도 없었다.

찬장도 열어 보았지만 아무도 없었다. 자질구레한 물건을 넣어 두는 바구니 속도 마찬가지였다. 혹시나 해서 창문 밖을 내다보았지만 역시 아무도 없었다.

"흠, 그러면 그렇지. 이 방에는 나 혼자뿐인데. 내가 잘못 들은 거야."

버찌 할아버지는 도끼로 나무를 힘껏 내리쳤다.

그런데 이게 웬일인가?

"아얏! 아파 죽겠어요!"

하는 소리가 또 들렸다.

할아버지는 너무 놀라 눈이 툭 튀어나올 지경이었다.

“별일도 다 있군. 도대체 어디서 나는 소리야?”

겨우 정신을 차린 할아버지는 무서움에 떨면서 나무토막을 뚫어지게 바라보았다. 나무토막 말고는 그런 말을 할 만한 것이 없었기 때문이었다.

“그럴 리가? 나무토막이 말을 하다니……. 아니야, 이건 틀림없이 그냥 장작개비일 뿐인데? 혹시 이 속에 귀신이라도 숨어 있나?”

할아버지는 만일 누가 나무토막 속에 숨어 있다면 당장 끄집어내어 혼을 내 줘야겠다고 생각했다.

“에잇!”

할아버지는 두 손으로 나무토막을 힘껏 움켜쥐었다가 벽을 향해 내동댕이쳤다. 그러고는 또 불평하는 소리가 나는지 가만히 귀를 기울여 보았다.

한참을 기다렸지만 아무 소리도 나지 않았다.

“그래, 역시 내가 잘못 들은 거야. 아무 일도 아닌 걸 가지고 공연히 바보짓만 했네. 어서 일이나 해야겠다.”

버찌 할아버지는 노래를 부르며 대패로 나무를 다듬기 시작했다.

"히히, 아이고, 간지러워라."

또 그 목소리가 들려왔다.

너무 놀란 할아버지는 벼락이라도 맞은 사람처럼 그 자리에 풀썩 주저앉았다.

한참 있다 눈을 떠 보니 마룻바닥에 우두커니 앉아 있었다. 잠시 정신을 잃었던 모양이었다.

그때 누가 문을 두드렸다.

버찌 할아버지는 일어설 기운도 없어서 앉은 채로 작은 목소리로 겨우 말했다.

"들어오세요."

"안녕하시오, 안토니오 영감!"

자그마한 할아버지가 웃음 띤 얼굴로 들어왔다.

그 할아버지의 이름은 제페토였다.

하지만 동네 개구쟁이들은 '옥수수죽'이라고 놀려 대곤 했다. 할아버지가 대머리를 감추기 위해 쓴 가발이 꼭 옥수수죽 같 았기 때문이었다.

제페토 할아버지는 그 별명을 아주 싫어했다.

누가 옥수수죽이라고 놀렸다가는 당장 불벼락이 떨어졌다.

"바닥에 앉아서 대체 뭘 하오?"

제페토 할아버지가 주저앉아 있는 안토니오 할아버지에게
물었다.

"개미들한테 글자를 가르치고 있다네. 헌데 여긴 어떻게 왔
는가?"

"개미에게 뭘 가르친다고? 잘해 보시게. 안토니오, 실은 자
네한테 부탁할 게 있어서 왔네."

"뭔데?"

"오늘 아침에 생각한 건데……. 나무로 멋진 인형을 만들어
보려고. 춤도 추고, 칼싸움도 하고, 재주도 넘는 녀석으로 말
이야. 말까지 한다면 더더욱 좋겠지."

"멋진데요, 옥수수죽!"

아까 들었던 그 목소리가 외쳤다.

"뭐야? 옥수수죽? 자네, 말 다 했어?"

제페토 할아버지가 버럭 화를 냈다.

"난 옥수수죽이라고 안 했어, 제페토!"

"방금 해 놓고서 안 했다니!"

"내가 안 했다니까!"

"자네 맞아!"

"아니라니까!"

"맞다니까!"

"이 친구가 노망이 났나? 내가 아니라니까!"

"뭐라고, 노망?"

말싸움은 급기야 몸싸움으로 번졌다.

서로 상대방의 가발을 잡고는 밀고 당겼다.

그러다가 두 사람은 나잇값도 못 한다고 생각했던지 슬며시 상대방의 몸에서 손을 뗐다.

"내 가발 내놓게!"

"자네도 내 가발 내놓게!"

두 사람은 손에 쥐고 있던 상대방의 가발을 주고받았다. 그러고는 악수를 했다.

싸움은 그것으로 끝이었고 두 사람은 도로 친구가 되었다.

"자, 제페토, 내가 뭘 도와주면 되지?"

안토니오 할아버지가 제페토 할아버지한테 물었다.

"인형을 만들 나무토막이 있었으면 하는데, 주겠나?"

"물론이고말고."

버찌 할아버지는 얼른 작업대로 가서 아까 자신을 깜짝 놀라게 한 그 괴상한 나무토막을 집어 들었다.

"자, 어서 가지고 가게나. 아까는 친구 대접이 너무 소홀했지? 미안하네."

안토니오 할아버지가 말했다.

"천만에! 내가 성격이 급해서 그만……. 하하하, 이해하지?"

제페토 할아버지도 말했다.

"물론이고말고. 우린 친구 아닌가!"

두 사람은 악수를 하며 웃었다.

말썽꾸러기 나무 인형

제페토 할아버지는 햇살이 잘 드는 1층 작은 방에 살았다. 가구는 더할 수 없이 소박했다. 낡은 의자와 오래된 침대, 망가진 탁자가 전부였다.

집에 들어서자마자 제페토 할아버지는 인형을 만들기 시작했다.

"이름을 뭐라고 지으면 좋을까?"

귀여운 아기에게 이름을 지어 줄 때의 그런 설렘이 가슴을 타고 올라왔다.

"옳지! 피노키오라고 해야지. 재수 좋은 이름이 될 거야. 내가 아는 사람 중에 피노키오 가족이 있는데, 아버지 이름도 피

노키오, 어머니 이름도 피노키오, 아이들 이름도 모두 피노키
오지. 그들은 모두 행복하게 산단 말이야. 얘도 그렇게 행복하
게 살기를 바라야지.”

이름을 정하고 난 할아버지는 입속으로 ‘피노키오!’, ‘피노키
오!’ 하며 불러 보았다.

“피노키오! 아주 좋아. 뭐니 뭐니 해도 이름은 부르기가 좋
아야 해.”

제페토 할아버지는 잠깐 사이에 머리털을 만들고 이마와 두
눈도 만들었다.

그러자 인형은 눈동자를 또르르 굴리며 할아버지를 빤히 쳐
다보았다.

“허, 요것 봐라! 눈을 다 굴리네.”

할아버지는 눈을 휘둥그레 떴다. 지금까지 여러 모양의 인형
을 만들었지만, 눈알을 굴리는 녀석은 처음이었다.

“별난 녀석이군!”

할아버지는 고개를 갸우뚱하고는 잽싸게 코를 만들었다. 그
러자 이번에는 코가 쑥쑥 자라더니 마치 엿가락처럼 기다랗게
되었다.

“허, 이거야 정말 신기한 일이군!”

할아버지는 처음에는 어리둥절했지만 이번에는 신바람이 나서 손을 더욱 재빨리 움직였다.

"어디 이번에는 입을 만들어 보자."

그런데 입이 다 만들어지기도 전에 인형은 깔깔거리며 할아버지를 놀려 댔다.

"헤헤헤……."

"웃기는……."

할아버지는 일부러 엄숙한 얼굴을 했다.

그런데도 인형은 깔깔대며 계속 웃었다.

"웃지 마!"

기분이 상한 할아버지가 고함을 치자 인형은 혀를 날름 내밀었다. 그러고는 할아버지의 눈치를 살폈다.

"그래, 내가 너를 다 만들 때까지 그대로 가만히 있어!"

할아버지는 인형을 향해 눈을 부릅떠 보이고는 재빨리 턱과 목, 어깨와 몸통, 팔과 손 등을 만들어 나갔다.

그런데 인형의 손이 다 만들어졌을 때, 할아버지는 가발이 훌떡 벗겨지는 것을 느꼈다.

"어허, 이, 이런……."

나무 인형이 한 짓이었다. 인형의 손엔 할아버지의 가발이

들려 있었다.

"피노키오! 당장 내 가발을 이리 주렴!"

할아버지는 괘씸한 생각이 들어 자기도 모르게 큰 소리를 내고 말았다.

그러나 피노키오는 가발을 돌려주기는커녕 제 머리에 모자처럼 덮어썼다.

"이 장난꾸러기야! 다 만들기도 전에 이렇게 할아버지를 놀려 대다니! 난 너를 만들었으니 네 아버지란 말이야. 아버지를 놀리는 녀석이 어딨어. 이제 보니 너 아주 못된 녀석이구나!"

할아버지는 무척 화가 났지만 다 만들 때까지는 꾹 참기로 했다. 할아버지는 피노키오의 머리에 얹힌 가발을 빼앗아 벗겨진 대머리를 감췄다.

"피노키오, 두 번 다시 장난을 쳐 봐라. 그땐 정말이지 가만두지 않겠다."

할아버지는 아까보다도 더 크게 눈을 부릅뜨며 보이고는 이내 두 발을 만들었다. 그런데 이번에는 그 발이 할아버지의 코를 냅다 걷어찼다.

"어이쿠, 코야!"

할아버지는 너무 아파서 눈물이 날 지경이었다. 하지만 피노

키오를 만든 것이 자신이므로 어떻게든 잘 가르쳐 봐야겠다고
생각했다.

"괜찮다, 괜찮아. 철이 없을 땐 다 그런 거지 뭐. 하지만 피노키오, 제대로 사람 노릇을 하려면 지금같이 해서는 안 돼. 이제부터는 이 할아버지 말을 잘 들어라. 알았지?"

할아버지는 그렇게 타이르고 나서 먼저 걷는 법을 가르쳤다.

"자, 잘 봐라. 발을 이렇게 떼어 놓아야 안 넘어진다. 나를 따라 해 봐."

피노키오는 조금 전과는 달리 아주 진지한 표정으로 발을 떼어 놓았다.

"아주 쉽네요. 이렇게 말이지요?"

"그래, 옳지!"

피노키오는 할아버지를 따라 걷기 연습을 시작 했는데 썩 잘 했다.

"할아버지, 나 잘 걷지요?"

피노키오는 혼자 걸을 수 있게 되자, 온 방을 쿵쿵 뛰어다녔다. 그러다가는 무슨 생각을 했는지 눈 깜짝 할 새에 문을 빠져나가 큰 길가로 달아나 버렸다.

"피노키오, 거기 멈춰!"

할아버지는 있는 힘을 다해 뒤를 쫓아갔지만 재빠른 피노키오를 붙잡을 수가 없었다.

"저 아이를 좀 잡아 주시오! 제발 좀 붙잡아요!"

할아버지는 거리에 나온 사람들을 향해 큰 소리로 외쳤다.

그러나 길을 가던 사람들은 걸음을 멈추고 웃어 댈 뿐, 아무도 피노키오를 붙잡을 생각은 하지 않았다.

경주마처럼 빠르게 달려가는 나무 인형이 몹시 신기한 모양이었다.

"뭣들 하는 거예요? 제발 저 아이 좀 잡아 달라니까요!"

할아버지는 숨이 차서 더 이상 쫓아갈 엄두를 못 내고 발만 동동 굴렀다.

그때 천만다행히도 길 건너편 골목에서 경찰관이 나타났다. 경찰관은 피노키오의 발자국 소리를 누구네 말이 도망치는 소리로 들었다. 그래서 소란을 잠재우려고 용감하게도 길 한복판에 떡하니 버티고 우뚝 섰다. 달려오는 말의 고삐를 잡으려고 말이다.

피노키오는 앞을 가로막은 경찰관을 보자 다리 사이로 빠져나가야겠다고 생각했다.

그런데 그만 피노키오의 긴 코가 경찰관의 손에 덥석 잡히고 말았다.

"아얏!"

피노키오가 외마디 소리를 질렀다.

"할아버지 말을 안 듣는 못된 녀석이군!"

경찰관은 피노키오의 긴 코를 움켜쥐고 제페토 할아버지가 길을 건너올 때까지 꼼짝하지 않았다.

경찰관은 할아버지가 다가오자 잡고 있던 피노키오를 넘겨주었다.

　제페토 할아버지는 냅다 피노키오의 한쪽 귀를 잡아당기려고 했다.

　그런데 이게 웬일인가? 귀가 보이지 않았다. 아니, 피노키오의 얼굴 어디에도 귀가 없었다. 그러고 보니 귀를 만들지 않았던 것이다. 제페토 할아버지는 하는 수 없이 귀 대신 목덜미를 움켜쥐었다.

　"요 말썽꾸러기야, 집에 가서 혼날 줄 알아!"

　할아버지가 야단을 치자 피노키오는 땅바닥에 드러눕더니 집에 안 가겠다고 발버둥을 쳤다.

　"싫어요! 집에 안 가요!"

　"집에 안 간다고? 왜?"

　"가기 싫어요! 정말 안 갈 거예요!"

　이를 본 사람들이 안됐다는 표정을 지었다.

　"제페토 영감에게 끌려가면 저 인형, 꽤 시달리겠군."

　"시달리다마다요. 저렇게 화가 단단히 난 걸 보니 영감이 인형을 박살낼지도 모르겠어요."

　"안됐다. 어린것이……."

　사람들이 피노키오 주위로 모여들더니 이러쿵저러쿵 한마디씩 해 댔다.

“제페토 영감이 사람은 좋아 보여도 아이들한테는 폭군이라
니까. 이제 저 인형은 끝이다, 끝!”

“할 수 없지요. 저런 고약한 영감을 만난 것도 다 제 팔자 아
니겠어요.”

어찌나 말들이 많던지 경찰관은 피노키오를 놓아주고 대신
가엾은 제페토 할아버지를 붙들어 갔다.

“영감님을 놓아주고 싶지만 저 사람들을 봐서라도 경찰서까
지는 가셔야겠어요.”

경찰관의 말에 제페토 할아버지는 아무 말도 못한 채 따라가
야만 했다.

할아버지는 이렇게 울먹였다.

“나쁜 녀석, 착한 아이로 만들려고 했는데……. 내 마음도
몰라주고……. 아니, 모두 내 잘못이야. 처음부터 이런 일에
대비했어야 했는데. 아이들이란 어른이 돌보지 않으면 누구
할 것 없이 다 말썽쟁인데 말이야.”

말하는 귀뚜라미

아무 잘못도 없이 제페토 할아버지가 경찰서에 끌려갔는데도 피노키오는 조금도 슬퍼하지 않았다.

"아, 이제 난 자유다!"

신바람이 난 피노키오는 높다란 둑과 가시울타리며 물이 괸 웅덩이들을 토끼처럼 마구 건너뛰어 집으로 달려왔다. 그리고는 방문을 단단히 걸어 잠근 뒤 방바닥에 털썩 주저앉았다. 갑자기 혼자가 되고 보니 좋으면서도 기분이 이상했다.

"귀뚤귀뚤 귀뚜르르……."

그때 방 안 어딘가에서 이상한 소리가 계속 들려왔다. 피노키오는 덜컥 겁이 났다.

"누구야?"

"나야."

피노키오가 자세히 살펴보니 커다란 귀뚜라미가 벽을 천천
히 기어오르고 있었다.

"너, 너는 누구니?"

피노키오는 겁먹은 소리로 물었다.

"나는 말하는 귀뚜라미야. 백 년째 이 집에서 살고 있어."

귀뚜라미가 어깨를 으쓱 하며 거만하게 말했다.

피노키오는 대뜸 기분이 상했다.

"하지만 오늘부터는 내 집이야. 그러니 어서 나가!"

날카로운 목소리로 명령하듯 말했다.

"나가기 전에 너에게 할 말이 있어."

귀뚜라미가 눈을 껌벅이며 피노키오를 쳐다보았다.

"그럼 빨리 말하고 얼른 나가."

피노키오가 귀찮다는 듯이 대꾸했다.

"부모님 말씀을 듣지 않고 함부로 집을 나가는 아이들은 꼭 나쁜 일을 당하게 돼! 그런 아이는 절대 행복해질 수가 없어. 언젠가는 후회하게 될 거야."

피노키오는 코웃음이 나왔다.

"흥, 잔소리 좀 그만해, 이 귀뚜라미야. 나는 내일 당장 집을 나갈 거야. 여기 있으면 다른 아이들처럼 학교도 가야 하고, 싫든 좋든 공부도 해야 하니까. 난 말이지, 공부는 죽어도 싫어. 공부보다는 나비를 잡거나 나무에 올라가 새 둥지 속의 새끼를 훔치는 일이 훨씬 더 재밌어."

"너 바보구나. 그런 짓만 하면 멍텅구리가 되거나 사람들의 놀림감이 된다는 걸 몰라?"

귀뚜라미가 비웃는 얼굴로 쳐다보았다.

"듣기 싫어! 그런 말은 다른 데나 가서 해. 내가 하고 싶은 일은 단 한 가지야."

“그게 뭔데?”

“솔직히 말할게. 내가 하고 싶은 일은 말이야, 먹고 자고 아침부터 밤까지 놀기만 하는 거야. 난 자유라고. 아무도 나한테 이래라저래라 할 수 없어.”

“이 바보야, 그런 식으로 살다가는 얼간이가 된다는 걸 몰라? 당장은 편할지 몰라도 머잖아 사람들의 놀림감이 된다고. 이 멍청아!”

“뭐? 내가 멍청이라고?”

“그래! 넌 인형인 데다가 머리까지 나무라서 똑똑할 수가 없나 보다!”

이 말을 듣자 피노키오는 화가 나서 도저히 참을 수가 없었다. 저도 모르게 책상 위의 나무망치를 집어 들어서는 귀뚜라미를 향해 냅다 던졌다. 그렇게까지 할 마음은 전혀 없었는데 불행하게도 그 망치는 귀뚜라미의 머리에 정통으로 맞았다.

“귀뚤……. 귀뚤…….”

불쌍한 귀뚜라미는 몇 번 귀뚤귀뚤 울다가 곧 죽었다.

피노키오는 잠시 마음이 아팠지만 곧 잊어버렸다.

타 버린 두 다리

날이 어두워지자 피노키오는 하루 종일 아무것도 먹지 않았다는 것을 깨달았다. 아까부터 배가 꼬르륵거린 이유를 이제야 알았다.

그때 피노키오는 뭔가 보글보글 끓고 있는 냄비를 보았다. 반가운 마음에 후다닥 뛰어가, 뚜껑을 열려고 손을 뻗었다. 하지만 그것은 진짜 냄비가 아니라 벽에 그려진 그림일 뿐이었다. 피노키오는 몹시 실망했다. 그 바람에 길쭉한 코가 반 뼘이나 더 길어졌다.

방 안을 돌아다니며 찬장이란 찬장은 다 열어 보았지만 빵 한 조각 나오지 않았다. 지칠 대로 지친 피노키오는 입이 귀에 걸릴 정도로 크게 하품을 했다. 이번에는 졸음이 쏟아졌다. 졸음은 배고픔과 함께 피노키오를 괴롭혔다.

피노키오는 저도 모르게 눈물이 쏟아졌다.

"아, 귀뚜라미의 말이 맞았어. 아버지한테 대들고 도망치는 게 아니었어. 난 지금 벌을 받는 거야. 이러다가 굶어 죽을지도 몰라. 아, 너무 끔찍해."

그때 쓰레기 더미 속에서 하얗고 둥근 것이 눈에 띄었다. 손으로 헤집어 보니 달걀이었다. 말로 표현할 수 없을 만큼 기뻤다. 얼른 집어 손바닥에 요리조리 굴려 보고, 톡톡 두드려도 보고, 입을 맞추어 보았다.

"가만, 뭘 만들까? 맛있는 오믈렛을 만들까? 아니야. 제일 빠른 방법은 달걀부침을 하는 거야! 이 몸은 지금 몹시 배가 고프시거든!"

피노키오는 뜨거운 화로 위에 프라이팬을 올려놓았다. 그리고 기름 대신 물을 조금 부은 다음, 물이 끓기 시작하자 '탁!' 하고 달걀을 깨뜨렸다.

그런데 달걀 속에서 튀어나온 것은 흰자와 노른자가 아니라 병아리 한 마리였다. 병아리는 피노키오를 향해 공손하게 인사를 했다.

"정말 고맙습니다, 피노키오님. 제가 껍질을 깨는 수고를 덜어 주셨네요. 그럼, 안녕히 계세요."

병아리는 날개를 펴더니 열린 창문으로 날아가 버렸다.

피노키오는 무엇에 홀린 사람처럼 멍하니 쳐다보았다.

잠시 후 정신이 돌아온 피노키오는 훌쩍이며 말했다.

"귀뚜라미 말이 꼭 맞아! 내가 도망만 안 쳤어도 이렇게 굶어 죽진 않을 텐데. 아, 배고파 죽겠다!"

어느새 밤이 되었다. 기온이 뚝 떨어졌다. 밖에는 찬바람까지 세차게 불었다. 나무들은 바람에 크게 흔들리며 윙윙 소리를 냈다.

피노키오는 너무 추워서 난로 위에 두 다리를 올려놓은 채 잠이 들었다.

"피노키오, 나 좀 볼래?"

어디선가 부르는 소리가 들렸다. 피노키오는 소리 나는 쪽을 바라보다 흠칫 놀랐다. 그건 피노키오가 던진 망치에 얻어맞고 죽은 귀뚜라미였다.

"너, 넌 귀뚜라미 아니니?"

"맞아. 너한테 하고 싶은 말이 아직 남았어."

"뭔데? 빨리 말해. 난 바쁘단 말이야."

피노키오는 겁먹은 소리로 재촉했다. 아니, 빨리 귀뚜라미와 헤어지고 싶었다.

"다른 게 아니고……. 내가 죽은 것에 대해 너무 미안해하지 말라고. 네가 던진 망치를 얻어맞은 건 내 운명이었어."

귀뚜라미가 말했다.

"운명? 그게 뭔데?"

"나도 잘 모르지만……. 재수가 없었다고 할까? 아니야, 네가 조금만 화를 참아서 망치를 던지지 않았다면 죽지는 않았을 텐데……. 그렇다고 널 원망하는 건 절대 아니야. 진짜야. 그럼, 안녕."

귀뚜라미는 어디론가 사라져 버렸다.

"얘, 귀뚜라미야, 잠깐만!"

피노키오는 사라진 귀뚜라미를 큰 소리로 부르다가 깼다. 꿈이었다.

그런데 아주 나쁜 일이 기다리고 있었다. 난로 위에 올려놓은 두 다리가 그만 홀라당 타 버리고 만 것이다. 피노키오는 제 다리가 타는 것도 모르고 꿈만 꾸었던 것이다.

"아, 이를 어째? 내 다리!"

피노키오는 꺼멓게 타 버린 두 다리를 내려다보며 울부짖었다. 귀뚜라미를 죽인 벌을 받은 것이라는 생각이 잠깐 머릿속을 스쳐 지나가기도 했다.

그건 그렇고, 이미 타 버린 다리를 어쩌겠는가? 피노키오를 위로해 줄 사람은 아무도 없었다.

"아버지라도 계셨더라면……."

피노키오는 이내 머리를 흔들었다. 아버지가 있었다면 말썽을 피운 자기를 벌써 어떻게 했을 것 같았기 때문이었다.

얼마나 지났을까? 새벽녘에 누군가 요란하게 문을 두드리는 소리가 났다.

"나다. 어서 문 열어라."

잠이 덜 깬 피노키오는 제 다리가 몽땅 타 버린 것도 잊은 채, 제페토 할아버지 아니, 아버지의 목소리를 듣고는 벌떡 일어섰다. 그러나 곧 몸의 중심을 잃고 방바닥에 쓰러지고 말았다.

"빨리 문 열어!"

할아버지가 계속 소리쳤다.

"문을 열 수가 없어요."

"어째서?"

"누가 내 다리를 잘라 먹어 버렸나 봐요."

“아니……. 누가?”

그때 마침 피노키오의 눈에는 선반 위에 앉아 있는 고양이가 보였다. 그 고양이는 추위를 피해 들어왔다가 아까부터 선반 위에 앉아 졸고 있었다.

“고양이가요.”

피노키오는 얼른 거짓말을 했다.

“고양이가? 무엇 때문에? 어쨌든 빨리 열어.”

할아버지는 계속 소리를 질렀다.

“정말 일어설 수가 없다니까요. 정말이에요, 아버지!”

피노키오는 다리를 잃은 슬픔에 훌쩍훌쩍 울면서 말했다.

할아버지는 피노키오가 또 장난치는 줄로만 알고 더욱 화가 났다.

“안 되겠다. 이참에 너의 버릇을 단단히 고쳐 놔야겠다!”

할아버지는 창문을 때려 부수고 집 안으로 들어왔다.

처음에는 단단히 야단을 치리라 마음먹고 들어왔다. 하지만 피노키오가 바닥에 쓰러져 울고 있는 것을 보자, 사람 좋은 제페토 할아버지는 불쌍한 생각이 들었다.

“저런! 다리를 태웠구나.”

할아버지는 피노키오의 다리가 난로에 탄 것을 바로 알아차렸지만, 고양이 짓이라고 거짓말을 한 피노키오를 야단치지는 않았다. 대신 두 손으로 피노키오를 얼른 일으켜 세우고는 품에 꼭 안아 주었다.

피노키오 역시 외롭고 무섭던 참에 할아버지의 품에 안기자 갑자기 눈물이 펑펑 쏟아졌다.

피노키오가 우는 것을 본 할아버지 역시 덩달아 눈물이 쏟아졌다.

"피노키오야, 어쩌다 다리를 태웠니?"

"저도 모르겠어요. 정말 무서운 밤이었어요. 아마 죽을 때까지 못 잊을 거예요. 날씨는 춥고 배가 너무 고팠어요. 그러다가 말하는 귀뚜라미를 만났고……. 다투다가 망치를 던졌는데 그만 그게……. 귀뚜라미가 죽은 거 있죠? 그리고 또 쓰레기통에서 달걀을 찾아내어 부침을 해 먹으려고 깨뜨렸더니 거기서 병아리가 나왔고……. 암튼 뜻대로 된 게 아무것도 없었어요. 그러다가 하도 추워서 발을 난로 위에 올려놓고 잤더니……. 흑흑흑!"

피노키오는 울면서 지난밤에 있었던 일을 숨김없이 모두 말했다.

"그래서 자고 일어나니 발이 몽땅 타 버렸단 말이지? 저런!

불쌍하기도 해라."

"네, 할아버지, 아니 아버지!"

할아버지와 피노키오는 부둥켜안고 한참 울었다.

할아버지는 생각난 듯이 주머니에서 배 세 개를 꺼냈다.

"이건 내가 먹으려고 가져온 아침인데 너한테 주마. 먹으면 기운이 좀 날 거다."

"그럼 껍질을 깎아 주세요."

"껍질을 깎아 달라고?"

할아버지는 놀라서 소리쳤다.

"요 녀석, 입이 이렇게 까다롭다니! 어릴 때부터 뭐든지 잘 먹어야지. 그래야 세상을 살아가기가 편하단다."

피노키오가 퉁명스럽게 말했다.

"전부 옳은 말씀이에요. 하지만 저는요, 과일을 껍질째 먹어 본 적이 없는걸요."

할아버지는 하는 수 없이 칼로 배를 깎은 다음, 껍질을 탁자 한쪽 구석에 모아 두었다.

피노키오는 배를 눈 깜짝할 사이에 먹어치웠다. 그러고는 배 속을 버리려고 했다. 할아버지는 속을 버리지 말라고 일렀다.

"나중에 쓸모가 있을지도 몰라."

"설마 저더러 먹으라는 건 아니겠지요?"

"누가 알겠니? 사람의 일이란 모르는 법이니까."

할아버지는 먹고 남은 배 속과 껍질을 탁자 구석에 놓아두었다.

"할아버지, 아직도 배가 고픈데요."

"그렇지만 더 줄 것이 없단다. 네가 남긴 껍질과 속밖에는."

"그건 싫어요. 딴것은 정말 없어요?"

피노키오는 한참 있더니 다시 물었다.

"정말 없어요, 할아버지?"

"없다니까."

"그럼 그것이라도 주세요. 배를 채워야겠어요."

피노키오는 말을 마치자마자 껍질을 입에 넣고 씹기 시작했다. 처음엔 얼굴을 찌푸리는가 싶더니 이내 다 먹어치웠다. 그러고 나서 이번에는 속을 먹었다.

"아, 이제야 살 것 같아요!"

피노키오가 말했다.

"봐라. 껍질과 속도 다 쓸모가 있단다. 배고픈 사람에게는 그것도 아주 좋은 음식이 돼. 살다 보면 그런 일이 수도 없이 많아. 잘 기억해 두어라!"

할아버지가 말했다.

알파벳 책

"아버지, 다시는 말썽 안 부릴게요. 제 다리 좀 새로 만들어 주세요, 네?"

배를 채우고 난 피노키오는 타 버린 다리를 새로 만들어 달라며 할아버지의 팔에 매달렸다.

그러나 할아버지는 피노키오의 버릇을 고쳐 주려고 일부러 고개를 저었다.

"왜 다리를 만들어 달라는 게냐? 또 집을 뛰쳐나가려고? 이번에는 정말이지 안 속는다. 안 속아."

"아니에요. 다리만 만들어 주시면 정말 착한 아이가 될게요. 약속해요."

피노키오는 훌쩍이며 말했다.

"흥, 아이들은 언제나 무엇을 조를 때는 그렇게 말하지. 내가 한두 번 속은 줄 알아? 안 속는다. 안 속아."

할아버지는 일부러 천장을 올려다보며 대꾸했다.

"정말 약속할게요. 공부도 열심히 하고, 일도 배워서 아버지가 더 늙으시면 돈도 제가 벌고 아버지를 돌봐 드릴 거예요. 정말이에요."

피노키오는 두 손을 모으고 기도라도 하듯이 애원을 했다.

할아버지는 여전히 화난 얼굴이었지만, 속으로는 피노키오의 말에 무척 감동하였다. 할아버지는 가슴이 뭉클해져서 눈물이 날 지경이었다. 지금까지 혼자 외롭게 살아서 그 누구한테도 그렇게 따뜻한 말을 들어보지 못했기 때문이었다.

"거짓말하는 거 아니지?"

조금 전과는 달리 은근한 목소리로 물었다.

"그럼요, 아버지!"

"알았다, 피노키오! 내가 너를 안 믿고 누구를 믿겠니."

할아버지는 한 시간도 채 지나기 전에 피노키오의 두 다리를 다시 만들었다. 그런 다음, 달걀 껍데기 속에 밀가루를 넣어 풀을 반죽했다. 피노키오의 몸통에 다리를 붙여 주기 위해서였다. 할아버지는 솜씨가 매우 좋아서 풀로 붙인 자국은 그 누구도 알아볼 수 없을 만큼 감쪽같았다.

"야호, 먼젓번 다리보다 더 예뻐요."

피노키오는 새 다리를 달자 방 안을 깡충깡충 뛰어다니며 재주를 부렸다. 할아버지 팔에 대롱대롱 매달려 뽀뽀까지 했다.

"아버지, 정말 감사합니다. 이젠 아버지 은혜에 보답하는 마음으로 당장 학교에 가겠어요."

"거참, 기특한 생각이구나."

할아버지는 매우 기뻤다. 새 다리를 만들어 주기 잘했다고 생각했다.

"아버지, 그런데 학교에 가려면 옷이 있어야 하잖아요."

"그렇지! 옷이 있어야 하고말고."

그런데 할아버지는 가난해서 옷을 살 만한 돈이 없었다. 생각다 못한 할아버지는 꽃무늬 종이로 옷을 만들고, 나무 껍데기로 신발을 만들었다. 빵 부스러기를 뭉쳐서 모자도 만들어 주었다.

"자, 이제 네 모습이 어떤지 보아라."

할아버지가 손을 탁탁 털며 말했다.

피노키오는 얼른 물이 담긴 세숫대야에 제 모습을 비춰 보았

다. 그러고는 매우 만족스러운 듯 뻐기며 말했다.

"아버지, 나 멋쟁이 같지요?"

"그래, 아주 잘 어울리는구나. 누가 봐도 멋쟁이라고 하겠다."

할아버지도 흐뭇한 표정으로 맞장구를 쳤다.

"피노키오야, 잘 기억해야 한다. 좋은 옷을 입었다고 다 멋쟁이가 되는 것은 아니란다. 때 묻지 않은 깨끗한 옷도 중요하지만 그보다 더 중요한 것은 올바른 행동이란다. 알았느냐?"

"네, 명심할게요, 아버지. 그런데 학교에 가려면 정말 필요한 것이 한 가지 더 있어요."

"그게 뭔데?"

"알파벳 책요."

"그렇구나! 그럼 어떡하지?"

"책방에 가서 사면 되지요."

"돈이 없는걸."

할아버지는 피노키오에게 책 한 권 사 줄 돈도 없어 마음이 아팠다. 하지만 무슨 생각이 났는지 이내 고개를 끄덕였다.

"그러면 되겠군!"

할아버지는 갑자기 일어나 외투를 걸치고 밖으로 나갔다.

"아버지, 어디 가세요?"

"응, 잠깐 다녀올 데가……. 내가 올 때까지 기다리렴."

한참 만에 돌아온 할아버지 손에는 알파벳 책이 들려 있었다. 그런데 딱하게도 할아버지는 속옷 차림이었다. 밖은 눈이 오는 몹시 추운 날씨였는데 말이다.

"아버지, 방금 입고 나가신 외투를 어떻게 했어요?"

“응, 팔았단다.”

“팔아요? 왜요?”

“너무 더워서…….”

피노키오는 할아버지가 책을 사 주려고 외투를 팔았다는 것을 눈치챘다.

“아, 아버지!”

가슴이 뭉클해진 피노키오는 할아버지 품에 얼굴을 묻은 채 흐느꼈다.

“아버지, 열심히 공부해서 꼭 훌륭한 사람이 되겠어요!”

피노키오는 울면서 그렇게 말했다.

인형 극단

내리던 눈이 그쳤다.

피노키오는 알파벳 책을 팔에 끼고 집을 나섰다.

"오늘은 학교에서 읽기를 배우고, 내일은 쓰기를, 모레는 셈하기를 배워야지. 열심히 공부해서 좋은 일에 써야지. 돈도 많이 벌 거야. 그래서 아버지에게 천으로 만든 멋진 외투를 사드려야지. 아니, 이왕이면 금실과 은실로 짠 옷에 다이아몬드 단추가 달린 좋은 외투를 사 드릴 거야. 우리 아버지는 그럴 자격이 있어. 나한테 책을 사 주려고 외투까지 파셨잖아. 그것도 이렇게 추운 날씨에 말이야. 아버지의 희생을 잊으면 안돼! 절대로!"

피노키오가 혼자 중얼거리며 걷고 있을 때 멀리서 피리 부는 소리와 북소리가 들려왔다.

"삐리 삐리 삘릴리 삐삐리……."

"둥! 둥! 둥!"

그 소리는 저편 바닷가 마을 쪽에서 들려왔다.

"저 소리는 뭐지? 아주 재미있겠는데. 안 돼. 나는 학교에 가야 해. 아버지랑 약속했잖아."

말은 그렇게 했지만 피노키오는 점점 마음이 흔들렸다. 학교에 갈까, 소리 나는 곳으로 구경을 갈까, 피노키오는 한참을 망설였다.

"에라, 모르겠다. 학교는 내일 가고, 오늘은 구경이나 가자. 학교는 언제나 갈 수 있잖아."

피노키오는 음악 소리가 나는 쪽을 향해 내달았다.

피리 소리와 북소리는 점점 더 가까이서 들려왔다.

마침내 사람들이 잔뜩 모여 있는 작은 광장에 다다랐다. 그곳에는 나무판자와 알록달록한 천으로 만들어진 커다란 천막이 쳐 있었다. 피노키오는 구경꾼 틈에 끼어 있는 한 아이에게 물었다.

"저게 뭐 하는 곳이니?"

"전단지에 뭐라고 쓰여 있는지 읽어 봐. 그럼 알 거 아냐!"

아이는 귀찮다는 듯 퉁명스럽게 대꾸했다.

"읽고 싶지만 난 아직 글을 읽을 줄 몰라."

"뭐라고? 바보 같으니! 저기 적혀 있는 빨간 글씨는 '꼭두각시 인형극'이란 글자야."

'인형극'이란 말에 피노키오는 귀가 번쩍 뜨였다.

아주 재미있을 것 같았다.

"시작한 지 오래 됐니?"

"아니, 지금 막 시작했어."

"입장료가 얼만데?"

"그것도 저기 쓰여 있잖아. 이십 솔드야."

돈은 없었지만 피노키오는 그 인형극을 꼭 보고 싶었다.

"얘, 내일 줄 테니 이십 솔드만 꾸어 주겠니?"

"꿔 주고 싶지만 나도 돈이 없어."

그때 조금 떨어진 곳에서 이 광경을 바라보던 짱구머리 아이가 가까이 다가왔다.

"무슨 일인데?"

짱구머리 아이가 피노키오를 보며 물었다.

피노키오는 그 아이에게 자기가 가진 물건을 팔기로 했다.

"난 지금 돈이 필요해. 혹시 너, 내 옷을 사지 않을래?"

짱구머리 아이는 피노키오를 위아래로 훑어보더니 고개를 저었다.

"꽃무늬는 예쁘지만 종이옷은 비가 오면 젖어 버리니까 싫어. 안 살래."

"그럼 내 신발을 살래?"

"나무 껍데기로 된 신발은 불에 타기 쉬워."

"그럼 모자는 어때?"

"그것도 빵 부스러기로 만들었으니까 쥐가 와서 갉아 먹을지도 모르잖아. 안 살래."

피노키오는 미칠 것만 같았다. 어떻게든 인형극을 보고 싶은데 달리 뾰족한 방법이 없었다.

피노키오는 망설이던 끝에 다시 말했다.

"그렇다면 이 알파벳 책은 어때? 오늘 책방에서 사 온 새 책이야."

피노키오는 알파벳 책을 보여 주었다.

"넌 아직 어려. 우리 엄마는 어린 아이한테서 물건을 사면 안 된다고 하셨어."

그때 이들의 말을 엿듣던 고물 장수가 슬그머니 끼어들었다.

“얘야, 내가 그 책을 이십 솔드에 사 주지.”

“정말요? 감사합니다.”

피노키오는 고물 장수를 향해 허리를 굽혀 인사를 했다. 그렇게 해서 아버지가 외투를 판 돈으로 산 알파벳 책은 고물 장수의 손에 넘어가고 말았다.

아들한테 책을 사 주려고 외투까지 팔고 속옷 바람으로 집에서 벌벌 떨고 있는 불쌍한 제페토 할아버지를 생각하면 한심하기 짝이 없는 일이었다.

꼭두각시 인형들

피노키오가 출입문 안으로 들어섰을 때 극장 안은 난리였다. 공연은 이미 시작된 후였다. 무대에서는 '아를레키노'와 '포르티네라'라는 두 인형이 싸우는 장면이 재미있게 펼쳐지고 있었다. 관객들은 사람들이 진짜 싸우기라도 하듯 진지하게 연극을 구경했다.

그런데 그때 갑자기 아를레키노가 동작을 멈추고 관객들 틈에 끼여 있는 피노키오를 가리키며 소리쳤다.

"아아, 하느님! 이게 꿈인가요, 생시인가요? 저기 앉아 있는 건 틀림없는 피노키오 아닌가요?"

그러자 같이 공연을 하던 포르티네라도 외쳤다.

"진짜 피노키오다!"

"정말 그렇구나!"

무대 뒤에서 객석을 엿보던 로자우라 부인도 뒤따라 외쳤다.

"피노키오다! 피노키오야!"

꼭두각시 인형들은 무대 위에서 일제히 소리쳤다.

"우리의 형제 피노키오! 피노키오 만세!"

"피노키오! 어서 이리 올라와!"

피노키오는 자리에서 벌떡 일어나 무대를 향해 껑충껑충 뛰어갔다.

피노키오가 무대 위로 올라가자 꼭두각시 인형들은 피노키오를 껴안기도 하고 뺨을 비비기도 하면서 법석을 피웠다. 뿐만 아니라 우정의 표시로 간지럽히거나 머리를 토닥이는 등 어쩔 줄 몰라 했다. 무대는 삽시간에 기쁨의 도가니로 변했다. 그러나 관객들은 달랐다.

"뭣들 하는 거야! 우리는 연극을 보고 싶어서 왔다고. 어서 연극을 계속해!"

"저 아이들이 정신이 있는 거야, 없는 거야? 빨리 연극을 하지 않고 뭐 해!"

피노키오와 꼭두각시 인형들이 한 덩어리가 되어 감격해하

는 동안 어리둥절해 있던 관객들이 아우성을 치기 시작했다.

그러나 꼭두각시 인형들은 전혀 아랑곳하지 않았다. 관객들이 아우성을 치는데도 피노키오를 목말을 태워 무대 위를 행진했다. 마치 전쟁에서 이기고 돌아온 영웅을 환영하는 행사 같았다.

"이것들 뭐 하는 거야! 당장 집어치워!"

당황한 극단 단장이 무대 뒤에서 뛰어나왔다. 그는 검은 수염이 바닥에 닿을 정도로 긴 거인이었다. 입은 가마솥만큼 커다랗고 눈은 대장간의 불처럼 이글거렸다.

"당장 그만두지 못해!"

단장은 뱀 가죽과 여우 꼬리로 만든 채찍을 휘두르며 성큼성큼 걸어왔다.

인형들은 찬물을 끼얹은 듯이 갑자기 조용해졌다. 모두 사시나무 떨 듯이 벌벌 떨었다.

"너! 왜 우리 인형극을 망치는 거냐?"

단장은 피노키오에게 소리쳤다. 그 목소리는 마치 끔찍한 괴물이 울부짖는 소리 같았다.

"아저씨, 내 잘못이 아니에요."

피노키오는 애원하듯 말했다.

"시끄러워! 빨리 연극이나 해, 그리고 너는 단단히 혼날 줄 알아."

꼭두각시 인형들은 다시 연극을 계속했고, 마침내 공연을 무사히 마쳤다.

연극이 끝나자 단장은 그제야 안심이 된 듯 비로소 얼굴을 폈다. 그러고는 부엌으로 가서 저녁 식사로 양고기를 굽기 시작했다. 그런데 양고기가 채 익기도 전에 장작이 다 떨어져 버렸다. 단장은 아를레키노와 포르티네라를 불렀다.

"아까 말썽을 피운 그 나무 인형을 데려와. 나무로 만들어졌으니까 고기 굽는 장작으로는 안성맞춤일 거야."

단장의 입가에는 엷은 웃음이 흘렀다.

불 먹는 사나이

단장의 이름은 '만자훠코'라고 하는데, '불을 먹는다'는 뜻이었다. 그래서 사람들은 그를 '불 먹는 사나이'라고 불렀다. 단장은 겉보기에는 매우 무서운 사람 같았지만 속마음은 그렇지 않았다. 단장은 끌려온 피노키오를 물끄러미 내려다보았다.

"아까 네가 한 짓을 알지? 하마터면 공연을 망칠 뻔했잖아."

아까보다는 훨씬 부드러운 목소리였다.

"알고 있어요, 단장님. 하지만 그건 제 잘못만은 아니에요. 아니, 인형극을 너무도 보고 싶어 했던 제 잘못 맞아요. 저는 인형극을 한 번도 못 봐서 오늘만은 꼭 보려고 했거든요. 그리고요, 이런 말씀을 드리면 어떻게 생각하실지 모르지만 그 누구보다도 단장님을 존경해 왔어요.”

피노키오는 저도 모르게 또 거짓말을 했다.

단장의 얼굴이 금세 변하기 시작했다.

“그래?”

그의 얼굴에 감동하는 빛이 서렸다.

“그러니 단장님, 저를 한 번만 용서해 주세요. 제발 살려 주세요!”

피노키오가 울면서 애원을 했다.

단장은 피노키오가 불쌍하게 느껴졌다. 그러자 그만 재채기를 하기 시작했다. 숨기려 했지만 참을 수가 없었다.

“에취! 에취!”

단장은 이상한 버릇이 하나 있었다. 보통 사람들은 동정심을 느낄 때 눈물을 흘리지만 그는 재채기를 했다.

단장의 재채기 소리를 듣자 아를레키노는 기쁨을 감추지 못하고 말했다.

“피노키오, 단장님의 재채기 소리를 들었지? 단장님은 널 불쌍하게 여기고 있어. 이젠 무사할 테니 걱정 마.”

“이제 그만 울어라. 피노키오! 에취, 에취!”

단장은 몇 번이고 재채기를 더 하였다.

피노키오는 울음을 멈추고, 걱정스러운 목소리로 물었다.

"괜찮으세요?"

단장은 자기를 걱정해 주는 피노키오의 말에 또 한 번 감동했다.

"걱정해 줘서 고맙구나. 그런데 네 부모님은 모두 살아 계시냐?"

단장이 목소리를 낮춰 물었다.

"네, 아버지는 계세요. 하지만 어머니는 아직 한 번도 못 봤어요."

"너를 저 불에 태운다면 네 아버지가 얼마나 슬퍼하시겠니. 불쌍해서……. 에취, 에취!"

"단장님, 정말 괜찮으세요?"

피노키오는 다시 걱정스럽게 물었다.

"고맙다. 하지만 내 사정도 좀 봐 주렴. 나는 이 양고기를 구울 장작이 필요해. 그러나 널 장작으로 쓰지는 않겠다. 대신 우리 극단 인형들 중 아무나 장작으로 써야겠다."

단장은 문지기를 불렀다.

"이봐, 아를레키노를 꽁꽁 묶어서 데려오도록!"

단장의 명령에 아를레키노는 너무 놀라 그만 기절해 버렸다.

이때 피노키오가 단장 앞으로 다가가더니 발 앞에 엎드려 펑펑 울었다. 눈물을 뚝뚝 떨어뜨리면서 말이다.

"제발 소원이에요, 살려 주세요, 나리!"

"여기 나리가 어디 있어!"

단장이 단호하게 말했다.

"그럼 기사님, 살려 주세요!"

"여기 기사가 어디 있어!"

"그럼 장군님, 살려 주세요!"

"여기 장군이 어디 있어!"

"그럼 폐하, 살려 주세요!"

폐하라는 소리에 단장이 미소를 띠더니 갑자기 부드러운 얼굴로 물었다.

"그래, 뭘 도와주면 되겠는고?"

진짜 폐하라도 된 듯 위엄 있는 표정이었다.

"저 불쌍한 아를레키노를 살려 주시기를 청하옵니다."

피노키오는 신하가 폐하에게 하듯 대답했다.

"그럴 수는 없느니라. 널 구해 주었으니 대신 저놈을 땔감으로 써야 양고기를 익힐 수가 있느니라."

그러자 피노키오가 벌떡 일어나 빵 부스러기 모자를 벗어 던지며 말했다.

"정 그러시다면……. 차라리 저를 장작으로 쓰세요. 문지기 아저씨, 어서 저를 꽁꽁 묶어서 불에 던지세요. 저 때문에 아를레키노가 죽는 것은 옳지 않아요."

피노키오는 죽음 앞에서도 친구를 위해 용감히 소리쳤다. 꼭 두각시 인형들은 모두 울음을 터뜨렸다.

그러자 단장이 또 멈췄던 재채기를 터뜨렸다.

"에취, 에취, 에취!"

단장은 감격한 얼굴로 피노키오를 내려다보았다.

"너는 참 마음이 따뜻한 아이로구나. 내게 뽀뽀해 주겠니?"

피노키오는 개구리처럼 뛰어올라 단장의 콧등에 뽀뽀를 해 주었다.

이렇게 하여 아를레키노는 목숨을 건졌다. 단장은 하는 수 없이 덜 익은 양고기를 먹어야 했다. 하지만 맛없는 양고기를 먹으면서도 단장의 입가엔 미소가 떠나지 않았다.

여우와 고양이

다음 날, 단장은 피노키오를 부르더니 이것저것 물었다.

"너의 아버지는 누구시냐?"

"제페토라고 해요."

"무슨 일을 하시는데?"

"가난한 사람들이 하는 일이오."

"그럼 돈을 많이 못 버시겠구나?"

"거의 매일 굶다시피 하지요. 심지어는 제게 알파벳 책을 사 주기 위해서 한 벌뿐인 외투마저 팔았는걸요."

"저런, 가엾어라!"

단장은 금화 다섯 닢을 피노키오에게 주며 어서 아버지한테 돌아가라고 했다.

피노키오는 너무도 고마워서 눈물이 핑 돌았다.

"피노키오, 아버지를 잘 모셔야 한다. 알았지?"

"예, 고맙습니다."

피노키오는 머리가 땅에 닿도록 인사를 했다. 인형 극단의 꼭두각시들과도 인사를 마친 피노키오는 신바람이 나서 집으로 향했다.

길을 떠난 지 얼마 되지 않았을 때, 피노키오는 한쪽 다리를 저는 여우와 눈이 먼 고양이를 만났다. 고양이는 절름발이 여우를 부축하고, 여우는 눈먼 고양이에게 길을 안내하면서 걷고 있었다.

"안녕, 피노키오!"

여우가 먼저 인사를 했다.

"어! 어떻게 내 이름을 아세요?"

"네 아버지를 만났으니까 알지."

"우리 아버지를 어디서 보셨는데요?"

"어제 너희 집 대문 앞에서 보았지."

"무얼 하고 계시던가요?"

"불쌍하게도 외투도 입지 않고 속옷 바람으로 추워서 덜덜

떨고 계시더라."

"오, 가엾은 아버지!"

피노키오는 눈물을 글썽이며 말했다.

"하지만 이제부터는 떨지 않아도 될 거예요."

"어째서?"

"내가 부자가 되었으니까요."

"부자? 네가?"

여우는 낄낄거리며 비웃었다.

고양이도 따라서 웃었다.

"웃을 일이 아닐걸요!"

피노키오는 화가 나서 소리쳤다.

"당신들한테는 안된 일이지만, 여기 보세요. 반짝거리는 금화가 다섯 닢이나 있다고요."

피노키오는 단장이 준 금화을 꺼내 보이며 뽐냈다.

그러자 여우가 절름발이 흉내를 내던 발을 쭉 폈다.

고양이는 장님 흉내를 내던 눈을 번쩍 떴다가 피노키오에게 들키기 전에 얼른 도로 감았다.

"그래 그 돈으로 뭘 할 거지?"

여우가 물었다.

"맨 먼저 아버지에게 외투를 사 드릴 거예요. 금실과 은실로 짠 옷감에 다이아몬드 단추가 달린 멋진 옷으로요. 다음엔 알파벳 책을 사서 열심히 공부를 할 거예요. 그래서 훌륭한 사람이 되어 좋은 일을 많이 하려고요. 남들이 즐거워할 아주 좋은 일이요."

"쯧쯧, 나를 보렴."

여우가 자기를 가리키며 말했다.

"나는 공부를 너무 열심히 하려다가 그만 다리를 절게 되었 단다."

"내 꼴도 좀 봐."

이번에는 고양이가 자기 눈을 가리키며 말했다.

"나도 공부를 너무 열심히 하려다가 그만 눈이 멀었단다."

그때 길가 울타리에 앉아 있던 흰 티티새가 피노키오에게 속 삭였다.

"피노키오, 나쁜 친구들의 말을 들으면 안 돼! 틀림없이 후 회하게 될 거야. 절대 속지 마!"

"뭐라고? 나쁜 친구의 말을 듣지 말라고?"

피노키오가 티티새의 말을 이해하지 못하고 되물었다.

그런데 불쌍한 티티새! 그런 말을 하지 말고 조용히 있었다 면 좋았을 것을!

순간, 고양이가 훌쩍 몸을 날리는가 싶더니 티티새를 한입에 꿀꺽 삼켜 버렸다.

티티새를 게걸스럽게 먹어 치운 고양이는 입을 쓱 닦은 다 음, 눈을 감고 다시 장님 행세를 했다.

"오, 가엾은 티티새!"

피노키오는 화가 나서 소리쳤다.

“이봐요! 왜 그런 잔인한 짓을 하나요?”

“버릇을 가르쳐 주려고 그런 거야. 남의 말을 엿듣는 건 나쁜 버릇이거든.”

“아무리 그래도 어떻게 귀한 목숨을……. 그건 더욱 나쁜 일이에요! 아니 벌을 받아야 할 일이라고요.”

피노키오는 악을 쓰듯 말했다.

“아, 너무 흥분하지 마. 건강에 해로우니까.”

이때 여우가 불쑥 나서며 피노키오를 꼬드기기 시작했다.

“이봐, 피노키오! 네 금화를 늘리고 싶지 않니?”

"돈을 늘리다니요? 어떻게요?"

"다섯 닢뿐인 금화를 백 닢, 천 닢으로 만들 수 있단다."

"그러고 싶지만 어떻게 그럴 수가 있어요?"

피노키오는 저도 모르게 호기심이 일었다.

그러자 여우가 은근한 목소리로 말했다.

"다 방법이 있지. 집으로 가는 대신 우리하고 같이 가기만 하면 돼."

"어디로 가는데요?"

"부엉이 나라지."

"부엉이 나라요?"

피노키오는 잠시 망설였다. 그러나 곧 귀뚜라미가 한 말을 생각해 내고는 마음을 다져먹었다.

"싫어요. 난 집으로 돌아가야 해요. 아버지가 눈이 빠지게 기다리실 거예요."

할아버지를 생각하자 피노키오는 눈물이 나려고 했다. 알파벳 책을 사 주려고 하나뿐인 외투를 판 아버지! 그러고는 너무 더워서 팔았다고 거짓말까지 한 아버지!

"안 가면 너만 손해야."

여우가 먼저 말하자 고양이가 따라서 맞장구를 쳤다.

“그렇지. 안 가면 손해지.”

“다섯 닢이 이천 닢도 더 될 텐데!”

여우가 말하자 또 고양이가 따라서 맞장구를 쳤다.

“다섯 닢이 이천 닢도 더 되고말고!”

피노키오는 ‘이천 닢’이란 소리에 마음이 조금씩 흔들리기 시작했다.

“다섯 닢이 어떻게 이천 닢이 될 수 있어요?”

“간단해. 부엉이 나라에는 ‘요술 들판’이 있는데 거기다가 묻어 두면 되거든. 구덩이를 파고 돈을 묻은 다음 흙을 조금 덮고 샘물을 두 통 뿌리지. 그 위에 소금을 한 줌 뿌리고……. 그러고 나서 하룻밤 푹 자고 일어나면 금화 나무에 싹이 나서 꽃을 피우거든. 그때 들판으로 가서 나무에 주렁주렁 매달린 금화를 따기만 하면 돼.”

“그게 정말이에요?”

피노키오는 깜짝 놀라서 물었다.

“정말이고말고. 우린 거짓말 안 해!”

여우의 말을 또 고양이가 따라서 했다.

“우린 거짓말 안 해!”

“그렇다면 말이에요. 만일 금화 다섯 닢을 묻어 두면 금화가 몇 닢이나 열릴까요?"

피노키오가 물었다.

여우는 손가락을 꼽아 보더니 설명해 주었다.

"금화 한 닢으로 한 나무에 오백 닢이 열리니까, 오백에다 오를 곱해 보렴. 다음 날 아침이면 반짝반짝 빛나는 금화가 이천오백 닢이나 열리겠구나."

"와, 그것 참 근사한데!"

피노키오는 신이 나서 소리쳤다.

"정말 그렇게 많은 금화가 열리면 이천 닢은 내가 갖고, 나머지 오백 닢은 당신들께 나누어 드릴게요."

"우리에게? 아냐, 그럴 필요 없어. 우린 단지 남을 부자로 만들어 주기 위해서 일하는 것뿐이니까."

"그래, 우린 남들을 부자로 만들어 주기 위해서 일하지. 단지 그것뿐이야."

여우의 말을 고양이가 또 따라 했다.

'참 좋은 여우와 고양이구나.'

피노키오는 오늘은 참 재수가 좋은 날이라고 생각했다. 이렇게 고마운 분들을 만나다니!

피노키오는 추위에 떨고 계실 아버지도, 팔아 버린 알파벳 책도 모두 잊어버리고 말았다. 오직 금화가 열린다는 이상한 나무만 눈에 어른거렸다.

"좋아요. 당신들을 따라가겠어요!"

마침내 피노키오가 마음을 정하고 말했다.

"그래, 아주 잘 생각했구나."

"넌 이제 큰 부자가 될 거야."

여우와 고양이가 맞장구를 치며 피노키오를 칭찬했다.

빨간 새우 집

하루 종일 걷고 또 걸었다. 셋은 저녁 무렵 '빨간 새우 집'이
라는 여관에 도착했다.

"날이 저물었으니 여기서 쉬어 가자. 저녁도 좀 먹고."

여우가 말했다.

피노키오는 빨리 요술 들판을 보고 싶었다. 하지만 날이 저
물었으니 어쩔 도리가 없었다.

이를 눈치챈 여우가 잽싸게 말했다.

"너무 걱정하지 말고 쉬렴. 내일 새벽이면 요술 들판에 도착
할 거야."

"알았어요."

셋은 여관으로 들어가 탁자에 앉았다.

하지만 셋 다 입맛이 하나도 없었다. 고양이는 가엾게도 소화 불량이라 토마토소스를 얹은 숭어 서른다섯 마리와 치즈를 곁들인 내장 요리 네 그릇밖에 먹지 못했다.

여우도 의사가 음식 조절을 해야 한다고 해서 통통한 햇병아리와 산토끼 요리로 만족해야 했다.

가장 적게 먹은 것은 피노키오였다. 피노키오는 호두와 빵을 조금 시켰는데, 그마저도 반이나 남겼다.

저녁을 먹고 나자, 여우는 여관 주인에게 좋은 방 두 개를 달라고 했다. 방 하나는 여우와 고양이가, 다른 방 하나는 피노키오가 쓸 방이었다.

"알겠습니다, 나리."

여관 주인은 친절하게 방을 안내해 주었다.

피노키오는 침대에 눕자마자 그대로 곯아떨어졌다. 그러고는 꿈을 꾸기 시작했다.

피노키오는 가지마다 금화가 주렁주렁 매달린 들판 한가운데 서 있었다. 들판에는 피노키오 말고도 금화를 따려고 몰려온 사람들이 아주 많았다. 피노키오는 남들보다 먼저 금화를 따려고 했다. 하지만 어떻게 된 노릇인지 발이 꿈쩍도 하지 않았다. 아무리 힘을 써서 발을 움직이려고 해도 소용이 없었다.
그러면 그럴수록 진땀만 줄줄 흘렀다.

그러다가 누군가 요란스레 문을 두드리는 소리에 그만 잠을
깨고 말았다. 여관 주인이 떠날 시간이 됐다고 일러 주러 온
것이었다.

"내 친구들은요?"

피노키오가 물었다.

"당신 친구들은 급한 일이 있다며 먼저 떠났습니다. 아침에
요술 들판에서 만나자고 하더군요. 그곳에 도착하려면 지금쯤
떠나셔야 할 텐데요."

피노키오는 여관비로 금화 한 닢을 주고 급히 여관을 나섰
다. 무슨 급한 일이기에 말도 없이 떠났을까 궁금했지만 곧 잊
어버렸다.

피노키오는 달도 없는 캄캄한 새벽길을 걸었다. 한참 걷다가
피노키오는 코끝을 스치고 지나가는 작은 벌레를 만났다.

"누구야?"

피노키오가 깜짝 놀라 소리쳤다.

"누구냐니까?"

"나는 말하는 귀뚜라미의 귀신이야."

그것은 바로 피노키오가 죽인 귀뚜라미의 유령이었다.

"나머지 금화를 가지고 어서 빨리 아버지에게 돌아가."

귀뚜라미 유령이 말했다.

"흥, 참견 마! 금화 네 개로 이천 개를 만들 수 있단 말이야."

피노키오는 죽은 귀뚜라미가 유령이 되어 저한테 복수를 하려고 나타난 거라고 생각했다.

"그건 모두 엉터리 거짓말이야. 집에서 기다리실 아버지를 생각해 봐. 지금 제페토 할아버지는 울면서 너를 기다리고 계신단 말이야."

"그렇지만 난 먼저 부자가 되고 싶어."

피노키오가 말했다.

"여우와 고양이는 거짓말쟁이들이야."

"그렇지 않아. 그들은 나를 부자로 만들어 줄 거야. 나랑 약속까지 했어."

"약속까지 했다고? 그 말을 믿니? 그렇게 하다가는 반드시 후회하게 될 텐데……."

"쳇! 또 잔소리를 하는군. 나는 갈 길이 머니까 어서 비켜!"

피노키오는 냅다 소리쳤다.

"할 수 없군. 그럼 잘 가! 도중에 강도를 만나지 않도록 조심하고."

귀뚜라미 유령은 곧 사라졌다.

길은 아까보다 더 깜깜해졌다.

두 강도

"우리 어린이처럼 고달픈 건 없어. 모두들 이거 해라, 저건
하면 안 된다, 잔소리만 늘어놓거든. 이제는 벌레인 귀뚜라미
까지 충고를 하네."

피노키오는 투덜거리면서 계속 걸었다.

"강도를 조심하라고? 쳇, 강도 따위는 무섭지 않아. 나를 뭘
로 보고 그런 소리를 하는 거야? 만일 강도가 나타나면, '이놈
들, 무슨 일이냐? 내가 화내면 정말 무섭다는 걸 알아 둬! 어
서 비켜!' 하고 혼내 줄 거야. 그러면 '걸음아, 나 살려라.' 하고
달아나겠지."

피노키오가 이런저런 공상을 하며 걷고 있을 때였다. 갑자기

뒤쪽 숲속에서 나뭇잎 바스락거리는 소리가 들려왔다.

"무슨 소리지?"

뒤돌아서서 자세히 보니, 머리에 검은 자루를 덮어 쓴 그림자 두 개가 쫓아오고 있었다.

"정말 강도잖아!"

당황한 피노키오는 금화 네 닢을 어디다 감출까 허둥대던 끝에 얼른 입안에다 넣었다. 그러고는 힘껏 달아나려 했다.

하지만, 강도들의 발걸음이 더 빨랐다. 그들은 점점 빠른 걸음으로 걸어와 피노키오 앞에 멈춰 섰다.

피노키오는 입안에 넣은 금화를 삼키지 않고 얼른 혓바닥 밑에 감춰 두었다.

"멀리 못 가서 붙잡힐 걸 왜 달아나고 그래."

강도 중 키가 작은 쪽이 비웃듯이 말했다.

"돈을 내놔! 안 내놓으면 죽여 버리겠다!"

두 강도 중 키가 큰 쪽이 당장이라도 덤벼들 듯이 말했다.

'역시 돈을 노린 거야. 입안에 숨기기를 잘했어.'

피노키오는 속으로 이렇게 생각했다.

"내 말이 안 들려? 빨리 돈을 내놔!"

피노키오는 돈을 입에 물고 있었으므로 대답할 수가 없었다.

그래서 손짓 발짓 해 가며 '나는 한 푼도 없어요.' 하는 시늉을 해 보였다. '제발 한 번만 봐 주세요.' 하는 뜻으로 꾸벅꾸벅 절을 해 보이기도 하였다.

"엉터리 수작은 집어치우고 어서 돈이나 내놔!"

이번에는 작은 쪽이 으름장을 놓았다.

피노키오는 계속 입을 굳게 다문 채 머리를 젓기만 했다. 마음 같아서는 당장이라도 말을 하고 싶었지만 입에 넣어 둔 금화 때문에 할 수가 없었다. 자기가 생각해도 참 답답했다. 진땀만 줄줄 흘렀다.

"어서 내놓지 못해? 안 내놓으면 당장 죽이고 말 테다."

키가 큰 강도가 연거푸 말했다.

"죽이고 말 테다!"

키 작은 강도가 따라서 말했다.

"너를 죽이고 네 아버지까지 죽이겠어!"

"죽이겠어!"

키 큰 강도가 먼저 말하고 키 작은 강도가 또 따라 말했다. 마치 같은 노래를 둘이 선창, 후창으로 하듯이.

"안 돼, 안 돼! 우리 불쌍한 아버지를 죽이면 안 돼!"

피노키오는 저도 모르게 소리를 질렀다.

그 바람에 안타깝게도 입안의 금화가 짤랑짤랑 소리를 내고 말았다.

"이 거짓말쟁이! 혓바닥 밑에 돈을 감췄구나. 당장 뱉어!"

키 큰 강도가 화난 얼굴로 말했다.

"당장 뱉지 못해!"

작은 강도도 식식대며 말했다.

피노키오는 다시 입을 꾹 다문 채 아무 말도 하지 않았다.

"이놈! 못 들은 체하려는 거지?"

키 큰 강도가 발을 동동 구르며 화를 냈다.

"흥! 입안의 돈을 몽땅 뱉게 해 줄 테다."

그러고는 한 강도가 피노키오의 코끝을 쥐고, 또 한 강도가 피노키오의 턱을 쥔 채, 양쪽으로 마구 잡아당겼다. 억지로 입을 열게 하려는 거였다.

그러나 헛일이었다. 피노키오가 어찌나 굳게 입을 다물었던지 마치 입이 붙어 버린 것 같았다.

그러자 키 작은 강도는 칼을 꺼내 입을 벌리려 하였다.

"네가 어디까지 버티나 보자. 이래도 안 벌릴 거야?"

키 작은 강도가 피노키오의 입 가까이 칼을 가져 오자 피노키오는 재빨리 칼 든 강도의 발을 꽉 깨물어 발목을 싹둑 잘라

버렸다.

"아얏, 이놈이 정말!"

화가 난 강도가 비명을 질렀다.

그런데 잘라진 발목을 보니 그것은 바로 고양이의 발이었다.

첫 승리에 용기를 얻은 피노키오는 있는 힘을 다해 도망쳤다. 울타리를 뛰어넘고 들판을 가로질러 마구 달렸다.

물론 강도들도 피노키오를 잡으려고 악착같이 뒤쫓아 왔다. 발목이 잘린 강도도 어찌 된 영문인지 아주 잘 달렸다.

파란 머리 천사

죽어라 하고 달리느라 너무 지친 피노키오는 그만 주저앉고 싶었다. 그런데 그때 멀지 않은 숲속에 조그만 외딴집 한 채가 보였다.

'아, 저 집까지만 가면 살 수 있겠다!'

피노키오는 마음속으로 이렇게 중얼거리며 외딴집까지 쉬지 않고 달렸다. 물론 강도들은 여전히 따라오고 있었다.

피노키오는 비틀거리며 겨우 그 집 문 앞에 다다라 마지막 힘을 다해 문을 두드렸다.

그러나 안에서는 아무런 기척이 없었다. 강도들은 점점 가까이 쫓아오고 있었다. 다급해진 피노키오는 또다시 문을 두드려 댔다. 여전히 아무런 대답이 없었다.

피노키오는 더 참지 못하고 문을 발로 차고 머리로 받으며 소란을 피웠다. 그러자 조용히 한쪽 창문이 열렸다. 다급해진 피노키오는 그 창문을 통해 집 안으로 들어가 기절을 하고 말았다. 이 집에는 파란 머리의 천사 소녀가 살았다. 집주인인 파란 머리 천사는 기절한 피노키오의 이마를 짚어 보고는 깜짝 놀랐다. 어찌나 열이 높은지 펄펄 끓는 가마솥 같았기 때문이었다. 천사는 하얀 가루약에 물을 타 오더니 피노키오를 흔들어 정신이 들게 했다.

"이 약을 먹으렴. 금방 나을 거야."

"달아요, 써요?"

약을 본 피노키오가 물었다.

"조금 쓰단다."

"그럼 싫어요. 안 먹을래요."

피노키오는 고개를 저었다.

"이 약을 먹으면 사탕 하나를 주지."

천사가 달랬다.

"그럼 사탕부터 주세요."

피노키오는 사탕을 먹은 후에 반드시 약을 먹겠다고 약속을 하였다. 그러나 천사에게 사탕을 받아먹은 피노키오는 이런저런 핑계만 대고 약을 먹지 않았다. 이마는 여전히 펄펄 끓는 가마솥 같았다.

"너무 써요! 쓴 건 싫어요."

"먹어 보지도 않고 어떻게 아니?"

"쓴 냄새가 나잖아요. 약도 사탕처럼 달면 좋을 텐데. 사탕 한 알만 더 주세요. 그러면 약을 먹을게요."

마음씨 좋은 천사는 할 수 없이 사탕 하나를 더 주었다.

그러나 피노키오는 이번에도 사탕만 먹고 약을 먹지 않았다.

"신경질 나서 약을 먹을 수가 없어요."

"왜?"

"발밑에 베개가 있어서 불편해요."

천사는 베개를 치워 주었다.

"아직도 신경질이 나요."

"또 뭐지?"

"방문이 열려 있잖아요. 눈에 거슬려요."

천사는 얼른 방문을 닫아 주었다. 그러나 피노키오는 막무가내였다.

"그래도 소용없어요. 난 쓴 약이 싫어요. 쓴 약을 먹느니 차라리 죽는 게 낫겠어요.”

피노키오가 한참 투정을 부리고 있을 때였다. 갑자기 방문이 열리더니, 새까만 토끼 네 마리가 어깨에 관을 메고 나타났다.

“무슨 일인가요?”

잔뜩 겁에 질린 피노키오가 물었다.

“너, 피노키오를 데리러 왔다.”

제일 큰 토끼가 말했다.

“날 데리러 왔다고요? 난 아직 죽, 죽지 않았는데요…….”

“아직은 아니지. 하지만 넌 곧 죽게 될 거야. 펄펄 끓는 네 이마를 보렴. 약을 먹지 않으면 열이 내리지 않을 테니까.”

“아아, 천사님, 천사님! 제발…….”

피노키오는 죽는다는 말에 천사가 들고 있던 약을 받아 단숨에 먹어 버렸다.

“이젠 살겠군. 그럼 우린 그만 돌아가자.”

토끼들은 관을 도로 메고 사라졌다.

신기하게도 피노키오의 병은 금세 싹 나았다. 병이 낫자마자 피노키오는 방 안을 깡충깡충 뛰어다녔다.

“어때? 약을 먹으니 병이 금방 낫지?”

“네, 이젠 힘이 펄펄 나는걸요. 천사님은 참 고마운 분이에

요. 처음 보는 저를 이렇게 돌봐 주시다니……."

피노키오의 말에 파란 머리 천사는 미소를 지었다.

"그런데 왜 약을 안 먹으려고 했니?"

"아이들은 다 그래요. 병보다 약이 더 무서운걸요."

"바보 같으니! 때를 맞춰 약을 먹으면 오래 아프지 않아도 되는데……. 너희들은 가끔 이해할 수가 없단 말이야."

천사가 웃으며 말했다.

"네, 다음부터는 애태우지 않고 약을 먹을게요."

피노키오는 관을 메고 온 토끼들을 생각하자 소름이 쪽 끼쳤다. 두 번 다시 만나고 싶지 않았다.

"그런데 피노키오! 어쩌다 강도들한테 쫓기게 되었지?"

천사가 물었다.

피노키오는 학교에 가려다가 천막 극장에 간 이야기부터 단장이 금화를 준 것이며, 요술 들판에 가려던 것, 강도의 발을 물고 달아난 것까지 모두 말했다.

"그럼, 그 금화는 어디 있니?"

"잃어버렸어요."

피노키오는 아무렇지도 않게 또 거짓말을 했다. 사실 금화는 벌써 입에서 꺼내 주머니 속에 넣어 둔 뒤였다.

“어디서 잃어버렸지?”

“숲속에서요.”

“저런! 그럼 내가 찾아줄까? 숲에 있는 것은 내가 금방 찾을
수 있단다.”

“아, 아니에요. 이제야 생각이 나네요. 숲에서 잃어버린 게
아니고 약을 먹을 때 함께 삼켜 버렸어요.”

피노키오는 계속 거짓말을 했다. 그런데 이상하게도 피노키
오가 거짓말을 할 때마다 코가 조금씩 조금씩 길어졌다.

피노키오의 코는 어느덧 너무 길어져서 움직일 수조차 없게
되었다. 거짓말한 것이 부끄러워 도망가려고도 해 보았지만
코가 벽에 부딪히는 바람에 꼼짝할 수가 없었다.

천사는 피노키오를 물끄러미 바라보며 빙그레 웃었다.

“왜 웃으세요?”

“네가 거짓말한 걸 다 알고 있으니까, 호호호.”

“어떻게요?”

“거짓말을 하면 다리가 짧아지거나 코가 길어진단다.”

피노키오는 거짓말한 것이 드러나자 부끄러워 얼굴이 빨갛
게 달아올랐다.

요술 들판

피노키오는 길어진 코 때문에 한참이나 안절부절 못했다. 천사는 모르는 척 그냥 내버려 두었다. 거짓말하는 버릇을 고쳐 주고 싶었기 때문이었다.

하지만 천사는 마음씨가 너무 착해서 피노키오가 난처해하는 모습을 보자 불쌍한 생각이 들었다. 천사는 손뼉을 한 번 짝 쳤다. 그러자 어디선가 천 마리나 되는 딱따구리가 날아와 피노키오의 코를 쪼아 댔다. 신기하게도 딱따구리들이 날카로운 주둥이로 쪼아 대는데도 아프기는커녕 간지럽기만 했다.

"히히히……. 히히히!"

잠시 후, 피노키오의 코는 원래대로 짧아졌다.

피노키오는 너무 기뻐서 눈물을 흘리며 말했다.

"전, 천사님이 참 좋아요."

"나도 네가 좋단다."

천사가 말했다.

"네가 나와 함께 살겠다면 내 동생으로 삼고 싶구나! 내가 좋은 누나가 되어 줄게."

"고마워요. 하지만 난 아버지에게 돌아가야 해요."

"걱정 마. 제페토 할아버지께 연락해 두었으니까. 지금쯤 이리로 오고 계실 거야. 저녁이 되기 전에는 도착하시겠지."

"와! 정말인가요?"

피노키오는 너무 기뻐 어쩔 줄을 몰라 하며 소리쳤다.

"그럼, 아버지를 마중 나가고 싶어요. 그래도 괜찮겠지요, 천사님?"

"좋아, 하지만 숲속에서 길을 잃지 않도록 조심해! 워낙 깊은 숲이라서 종종 길을 잃는 사람들이 있으니까."

"알았어요. 조심할게요."

피노키오는 천사의 허락을 받고 아버지를 마중하러 나갔다. 그리운 아버지의 품에 조금이라도 빨리 안기고 싶은 마음 때문이었다.

피노키오가 집을 나선 지 얼마 되지 않았을 때였다. 숲속에서 인기척이 들려왔다. 바로 여우와 고양이였다. 피노키오를 요술 들판에 데려다 주겠다던 그 여우와 고양이 말이다.

"아니, 이게 누군가? 피노키오가 아닌가?"

여우가 무척 반가운 듯이 인사를 했다.

"정말! 피노키오네."

고양이도 반가운 듯 큰 소리로 말했다.

"그런데 여기는 웬일이지?"

"웬일이지?"

여우의 말을 고양이가 또 그대로 따라 했다.

"그럴 사정이 있어요."

피노키오는 반가운 나머지 빨간 새우 집 여관에서 헤어진 이후의 이야기를 모두 들려주었다.

피노키오가 말을 마치고 고양이를 바라보니 고양이의 한쪽 발이 뭉텅 잘려나가고 없었다.

"발목이 왜 그렇게 되었나요?"

피노키오의 갑작스런 물음에 고양이는 당황해서 우물쭈물했다. 그러자 재빨리 여우가 나서서 숨도 쉬지 않고 지껄였다.

"이 친구는 마음이 너무 착해서 이렇게 되었단다. 우리가

이 숲속으로 오기 전에 배고픈 이리를 한 마리 만났는데 말이
야……. 이리가 너무 배고파하니까 이 친구가 자기 다리를 잘
라 주었지 뭐야! 이 친구는 정말 너무 착해서 탈이야."

"쯧쯧, 듣고 보니 아주 좋은 일을 했네요. 세상의 고양이들
이 모두 당신처럼 착하면 쥐들은 정말 안심하고 살 수 있을 거
예요."

피노키오는 감동해서 진심으로 고양이를 칭찬했다.

"그건 그렇고 네 금화는 어떻게 되었지?"

여우가 궁금한 듯 물었다.

"고스란히 이 주머니 속에 들어 있지요."

피노키오는 자랑하듯이 말했다.

"피노키오! 그럼 그 네 닢으로 이천 닢을 만들러 가지 않겠
어? 전에 말했던 그 요술 들판으로 말이야."

"그래, 요술 들판으로."

여우가 말하자 고양이가 또 따라 했다.

"하지만 난 지금 아버지를 기다려야 해요. 내일 가겠어요."

"저런! 하지만 내일이면 이미 늦어."

"왜요?"

"어떤 돈 많은 부자가 그 들판을 몽땅 사 버렸거든. 그래서

내일부터는 아무도 그 들판에 돈을 심을 수가 없게 되었단다."

피노키오는 또 마음이 흔들리기 시작했다.

"요술 들판이 여기서 먼가요?"

"금방이야. 지금 가서 돈을 심으면 저녁때는 금화를 주머니에 하나 가득 채우고 아버지를 만날 수 있을 거야."

피노키오는 망설였다. 천사와 아버지, 귀뚜라미의 얼굴이 번갈아 떠올랐다. 그러나 피노키오는 부자가 되고 싶은 욕심을 버릴 수가 없었다.

'이왕이면 큰돈을 벌어서 아버지를 만나야지. 그게 더 좋은 일일 거야. 아버지도 크게 기뻐하실걸?'

피노키오는 그렇게 생각했다.

"가겠어요. 요술 들판으로."

마침내 결심이 선 듯 피노키오가 말했다.

"잘 생각했어. 기회란 아무 때나 찾아오는 게 아니니까."

이렇게 해서 셋은 다시 길을 떠났다.

걷고 또 걸어서 마침내 외딴 들판에 도착했다.

"바로 여기가 요술 들판이야!"

여우의 말에 피노키오는 가슴이 뛰었다. 그 들판은 여느 들판과는 확실히 다르게 보였다. 뭐랄까, 신비한 빛으로 싸여 있다고 할까?

"자, 이제 두 손으로 작은 구덩이를 파고 네 금화를 묻으렴."

피노키오는 여우가 시키는 대로 구덩이를 파고 돈을 묻었다. 돈을 묻으면서 마음속으로 '제발!' 하며 빌었다.

"됐어, 이젠 저쪽 개울에 가서 물을 떠다가 땅에 조금 뿌리도록 해."

피노키오는 다시 여우가 시키는 대로 개울가로 달려가 신발에 물을 가득 담아다 뿌렸다.

"이젠 무얼 할까요?"

숨을 할딱이며 피노키오가 여우에게 물었다.

"이젠 다 됐어. 잠시 이 근처를 산책하다가 이십 분쯤 후에 돌아와. 그때는 주렁주렁 매달린 금화를 따기만 하면 되니까……."

"전에 만났을 땐 하룻밤을 자야 금화 나무에 싹이 나고 꽃이 핀다고 하지 않았나요?"

피노키오가 물었다.

"아, 그랬지. 그걸 다 기억하고 있구나. 솔직히 얘기하마. 그땐 그랬는데 거름을 준 뒤로 하룻밤을 안 자도 싹이 나고 꽃이 핀다지 뭐냐. 그러니까 피노키오 넌, 아주 행운아인 셈이지."

"그럼, 행운아인 셈이고말고."

여우의 말을 고양이가 또 따라 했다.

"듣고 보니 정말 그러네요."

피노키오는 여우와 고양이에게 몇 번이고 고맙다는 인사를 했다.

"금화를 따면 당신들께 좋은 선물을 사 드릴게요."

"필요 없어. 우린 단지 노력하지 않고 부자가 되는 법을 알려 주는 것뿐이니까. 네가 부자가 되면 그것으로 우린 행복해. 하하하!"

"그럼, 우린 행복하고말고."

여우의 말을 고양이가 또 따라 했다.

"이 은혜는 잊지 않을게요."

피노키오는 공손히 인사를 했다. 그러고는 이들과 헤어져 혼자 숲속을 걸었다. 그러다가 이제는 시간이 다 되었겠다 싶어서 얼른 요술 들판으로 달려갔다. 얼마나 서둘렀던지 가슴에서 콩닥콩닥 뛰는 소리가 났다.

"금화가 이천 닢이나 열려 있겠지. 아니 오천 닢, 아니 만 닢이 열려 있을지도 몰라. 그럼 대궐 같은 집을 짓고 창고에는 사탕과 과자며 온갖 맛있는 것들을 잔뜩 쌓아 두고 살아야지."

피노키오는 즐거운 상상을 하며 드디어 요술 들판에 도착했다. 들판 입구에서부터 피노키오는 금화가 가득 매달린 나무를 찾으려고 눈을 크게 떴다.

그런데 이게 웬일일까? 들판은 아무것도 변한 것이 없었다. 허허벌판 그대로였다. 금화를 묻어 둔 곳까지 갔지만 역시 돈 나무는 한 그루도 보이지 않았다.

"어? 이게 도대체 어떻게 된 거지?"

피노키오는 하늘이 빙글빙글 도는 것 같았다.

그때 어디선가 낄낄거리는 웃음소리가 들려왔다. 고개를 들어 보니 커다란 앵무새가 나무 위에 앉아 웃고 있었다.

"남의 속도 모르고 왜 웃는 거야!"

화가 난 피노키오는 큰 소리로 꾸짖었다.

"바보를 보고 있으니까 저절로 웃음이 나는구나!"

앵무새는 다시 낄낄낄 웃었다.

"뭐? 바보? 그럼 내가 바보란 말이야?"

"그럼 바보지. 콩이나 호박씨를 심듯이 돈을 심으면 열매가 열릴 거라고 생각하는 게 바보가 아니고 뭐겠니? 돈이란 제 손발을 움직여 열심히 일할 때 생기는 거야. 그것도 몰랐어?"

"도대체 어떻게 된 거지?"

피노키오는 돈 나무가 보이지 않는 것이 이상해서 다시 물었다.

"아직도 모르겠니? 자, 그럼 내가 설명해 줄게. 네가 숲으로 산책을 간 사이에 여우와 고양이가 돌아와서 네가 묻어 둔 돈을 모두 꺼내 갔단 말이야. 지금 네가 그들을 쫓아간다 해도 이미 늦었어. 그들은 아주 멀리 도망가 버렸을걸?"

피노키오는 앵무새의 말이 믿어지지 않았다. 급히 돈을 묻어 둔 곳을 파헤쳐 보았지만 헛수고였다.

끝없는 고생길

피노키오는 돈을 훔친 도둑들을 고발하려고 도시에 있는 법원으로 달려갔다. 판사는 늙은 고릴라였다.

피노키오는 판사에게 사기를 당하게 된 과정을 모두 털어놓았다. 사기꾼들의 이름과 생김새까지 빠짐없이 말하고는 처벌해 줄 것을 간절히 부탁했다.

판사는 피노키오의 이야기를 다 듣더니 곧 종을 울려 경찰관 두 명을 불렀다. 경찰관은 사납게 생긴 개였다.

판사가 피노키오를 가리키며 말했다.

"이 불쌍한 친구가 금화 네 닢을 도둑맞았다. 그러니 당장 감옥으로 끌고 가도록!"

피노키오는 마른하늘에 날벼락 같은 판결에 깜짝 놀랐다.

"아니, 왜 도둑을 처벌하지, 돈을 빼앗긴 나를 처벌하는 거예요? 이게 대체 무슨 판결이에요?"

피노키오가 항의했지만, 경찰관들은 피노키오를 감옥으로 끌고 갔다.

피노키오는 감옥에서 넉 달을 보냈다. 감옥에서 풀려난 피노키오는 곧장 천사가 사는 작은 집으로 걸음을 옮겼다. 그러면서 혼자 중얼거렸다.

"끔찍한 일이 너무 많았어. 그게 다 내가 어리석기 때문이야. 나보다 몇백 배, 아니 몇천 배 생각이 깊은 분들의 말을 안 들은 벌을 받은 거야. 하지만 앞으로는 정말 말 잘 듣는 아이가 되겠어. 빨리 천사님을 보고 싶다!"

한창 생각에 잠겨 있던 피노키오가 깜짝 놀라 걸음을 멈췄다. 커다란 뱀이 길을 가로질러 길게 누워 있기 때문이었다. 피노키오는 얼마나 겁이 났는지 말도 못할 지경이었다. 멀찌감치 물러나 뱀이 길을 비킬 때까지 기다리기로 했다. 하지만 뱀은 좀처럼 움직일 기미를 보이지 않았다. 한 시간, 두 시간……. 기다리다 지친 피노키오는 뱀을 향해 부드럽고 상냥하게 말했다.

"뱀 아저씨, 죄송하지만 제가 지나갈 수 있게 한쪽으로 조금만 비켜 주시면 안 될까요?"

뱀은 들은 척도 안 했다.

"뱀 아저씨, 제가 집에 가야 하거든요. 아빠가 저를 기다리고 계세요. 조금만 한쪽으로……."

역시 들은 척도 안 했다.

피노키오는 누워 있는 뱀을 요리조리 살펴보았다. 눈을 감고 꿈쩍도 하지 않는 게 좀 이상했다.

'죽었나 봐.'

피노키오가 뛸 듯이 기뻐하며 살며시 뱀을 뛰어넘어 지나가려고 했다. 그 순간, 갑자기 뱀의 몸이 용수철처럼 솟구쳤다. 피노키오는 뒤로 벌렁 넘어지고 말았다.

뱀은 미친 듯이 웃음을 터뜨렸다.

"에이, 또 멍청한 짓을 했네!"

피노키오는 쓴웃음을 지으며 길을 재촉했다.

얼마쯤 가자 포도밭이 나왔다. 잘 익은 포도를 보자 갑자기 배가 고팠다. 피노키오는 포도 몇 송이를 따 먹으려고 밭 울타리를 뛰어넘었다. 그러고는 포도밭을 향해 쏜살같이 달렸다. 막 포도밭에 다다랐는가 싶었는데, '철컥!' 하는 소리와 함께 피노키오의 다리가 날카로운 덫에 걸리고 말았다. 불쌍한 피노키오는 닭을 잡아먹는 족제비를 잡으려고 농부가 쳐 놓은 덫에 걸렸던 것이다. 피노키오는 비명을 지르며 울부짖었지만 아무 소용이 없었다.

그때 반딧불이가 날아오더니 안됐다는 듯이 말했다.

"가엽기도 해라. 어쩌다가 덫에 걸렸니?"

"포도를 좀 따려고 밭에 들어갔다가 그만……."

"네 포도밭이니?"

"아니……."

"네 것도 아닌 밭에 들어가다니! 너 아주 나쁘구나."

"배가 고파서……."

"그래도 그렇지. 배가 고프다고 남의 밭에 들어가면 되니? 그건 도둑이나 하는 짓이지."

피노키오는 부끄러워서 얼굴을 들 수가 없었다.

"앞으로는 안 그럴 거야."

그때 포도밭 주인이 나타나더니 덫에 걸린 피노키오를 향해 소리쳤다.

"이런 좀도둑 같으니라고! 우리 집 닭을 잡아간 게 바로 네 놈이었구나."

피노키오는 너무 억울해서 눈물부터 나왔다.

"아니에요. 제가 그런 게 아니에요. 저는 그저 포도를 따 먹으려고 한 것뿐이에요."

"모르는 소리! 포도를 훔치는 사람은 나중에 닭도 훔치는 법이야. 절대 오늘 일을 잊어버리지 않도록 본때를 보여 주지."

농부는 피노키오를 끌고 가더니 목에 개 목걸이를 씌우고는 빠지지 않도록 단단히 조였다. 그러고는 개집 옆에 묶어 놓고 집 안으로 들어가 버렸다. 혼자 남은 피노키오는 추위와 배고품과 무서움에 지칠 대로 지쳐 마당에 누웠다.

"난 이래도 싸! 모두 내 탓이야! 아무 짝에도 쓸모가 없는 떠돌이가 되려고 했잖아. 나쁜 친구들 말을 들으니 항상 나쁜 일이 생기는 거야!"

진심으로 자신을 반성하다 보니 마음이 조금은 가라앉았다. 피노키오는 개집으로 들어가 잠을 잤다. 피노키오는 두 시간도 넘게 단잠을 잤다. 그러다가 마당에서 들리는 수상한 소리에 잠을 깼다. 가만히 살펴보니 닭을 잡으러 온 족제비들이었다. 족제비는 모두 네 마리였다.

그중 한 마리가 개집 옆으로 다가오더니 나지막이 말했다.

"안녕, 멜람포."

“난 멜람포 아니야.”

피노키오가 말했다.

“그럼 넌 누구니?”

“피노키오야.”

“거기서 뭘 하고 있는 거니?”

“집을 지키고 있어. 왜?”

“멜람포는 어디 가고? 여기서 집을 지키던 늙은 개 말이야.”

“미안하지만 난 개가 아니야. 나무 인형이야.”

“그런데 왜 개처럼 집을 지키고 있어?”

족제비가 이상하다는 듯 물었다.

“벌을 받는 중이야.”

“그래? 그거 안됐구나. 그렇다면 늙은 멜람포에게 했던 제안
을 하나 할게.”

“그게 뭔데?”

“들어 봐. 우리는 일주일에 한 차례씩 이 집 닭 여덟 마리를
잡아갈 거야. 그중 일곱 마리는 우리가 먹고, 한 마리는 네 몫
으로 줄게. 대신 넌 우리가 여기 있는 동안 자는 척하는 거야.
절대로 주인을 깨워서는 안 돼. 알았어?”

“지금까지 멜람포가 그랬단 말이지?”

"그럼, 우리와 손발이 얼마나 잘 맞았는데. 자, 이제 내일 아침 식사로 털 뽑은 닭 한 마리를 갖다 줄 테니……. 무슨 말인지 알겠지?"

"알았어! 꼭 지키고말고!"

피노키오는 고개를 끄덕였다.

마음을 놓은 족제비들은 개집 옆에 있는 닭장으로 갔다. 그러고는 날카로운 이빨과 발톱으로 나무 문을 열고 하나둘 닭장 안으로 들어갔다. 그런데 모두 들어가자마자 '덜컥!' 하고 문이 닫혔다. 문을 닫은 것은 바로 피노키오였다. 피노키오는 마음이 안 놓여 문 앞에 큰 돌까지 가져다 놓았다. 그러고는 개처럼 짖기 시작했다.

"왈, 왈, 왈, 왈!"

소리를 들은 농부가 총을 들고 뛰어나왔다.

농부는 그제야 도둑이 든 것을 알고 단번에 족제비들을 잡아 자루에 담았다.

"네놈들이 이제야 잡혔구나! 네놈들이 한 짓을 보면 당장 본때를 보여 줘야 하는데, 난 마음이 그리 모질지는 못해! 대신 네놈들을 여관집 주인한테 갖다 주려고 한다. 그러면 어떻게 되는지 알아? 네놈들의 껍질을 홀라당 벗겨서는 토끼처럼 구워 먹지. 네놈들한테는 그것도 영광이지. 안 그래?"

그러고는 피노키오에게 다가가 머리를 쓰다듬으며 말했다.

"도둑이 든 것을 어떻게 알았느냐? 전에 살던 멜람포는 한 번도 그러지 못했는데."

피노키오는 가만히 듣고만 있었다. 족제비들과의 약속을 깬 게 조금은 마음에 걸려서였다.

농부는 피노키오의 어깨를 다독이며 기특하다는 듯 말했다.

"생각할수록 장하구나! 네 덕분에 닭을 지킬 수 있었어. 그 보답으로 너를 여기서 내보내 주마. 네가 가고 싶은 곳으로 가려무나. 알았지?"

그러고는 피노키오의 목에서 개 목걸이를 풀어 주었다. 피노키오는 기쁜 마음으로 농부네 집을 나섰다.

고마운 비둘기

피노키오는 다시 천사네 집으로 떠났다. 한참을 걸어서 높은 언덕에 도착했다. 강도에게 쫓기느라 죽을 뻔했던 길이며, 아버지 마중을 나갔다가 여우와 고양이의 꼬임에 빠지게 됐던 그 숲이 한눈에 보였다. 그런데 천사네 집이 보이지 않았다.

"틀림없이 저 아래에 있었는데……. 도대체 이게 어찌 된 일이지?"

피노키오의 가슴에는 갑자기 슬픔이 가득 고였다.

있는 힘을 다해 천사의 집이 있던 자리에 도착했을 때, 집은 오간 데 없고 그 집터에는 하얀 비석 하나만 달랑 서 있었다. 그 비석에는 이렇게 씌어 있었다.

사랑하는 동생 피노키오에게
버림받고 슬퍼하다 세상을 떠난
파란 머리 소녀 여기 고이 잠들다.

피노키오는 글을 읽을 줄 몰랐다. 하지만 그것이 천사의 비석이라는 것은 눈치로도 알 수 있었다.

피노키오는 비석 앞에 엎드려 엉엉 울었다.

밤이 새도록 슬피 울었다. 이튿날 아침, 피노키오는 하도 울어서 눈이 퉁퉁 부었다.

"천사님! 왜 돌아가셨나요? 내가 대신 죽어야 하는데……. 천사님은 착한 분이시고 나는 나쁜 아이인데……. 엉엉……. 엉! 어디로 가야 아버지를 만날 수 있을까요? 이제 아버지를 다시 만나면 절대 집을 뛰쳐나가지 않겠어요. 아아, 천사님! 당신이 살아 계신다면 얼마나 좋을까요. 훌쩍훌쩍."

피노키오는 할아버지가 만들어 준 머리카락을 쥐어뜯으며 울부짖었다.

그때였다. 커다란 비둘기가 날아오더니 피노키오의 머리 위를 빙빙 돌며 물었다.

"너 거기서 뭐 하니?"

“보면 몰라요? 울고 있잖아요.”

피노키오는 소매로 눈물을 훔치며 대답했다.

“혹시 너 피노키오라는 아이를 아니?”

비둘기가 다시 물었다.

“피노키오? 피노키오라고 했어요?”

피노키오가 놀라 되물었다.

비둘기가 고개를 끄덕거렸다.

“바로 내가 피노키오인데요!”

“그래? 그러면 너 제페토 할아버지를 알겠구나?”

“그럼요, 우리 아버지인걸요. 그런데 우리 아버지는 지금 어디 있나요? 제발 가르쳐 주세요. 이제부턴 아버지를 실망시켜 드리지 않겠어요.”

“사흘 전, 바닷가에서 만났다.”

“바닷가요? 거기서 무얼 하고 계시던가요?”

“피노키오라는 아들을 찾아간다며 혼자 배를 만들고 계시더구나. 그동안 아들을 찾으려고 온 세상을 울면서 돌아다니셨다는 거야.”

“오, 불쌍한 우리 아버지! 여기서 바다까지는 먼가요?”

피노키오는 울음 섞인 목소리로 물었다.

여기 톨쇠가
세상을 떠나

“굉장히 멀지.”

“아, 그럼 어떡하지?”

피노키오는 먼 하늘을 바라보았다.

“가고 싶니? 그렇다면 내가 데려다 주지.”

마음씨 좋은 비둘기는 피노키오 앞에 내려앉았다.

“내 등에 올라타. 그런데 너 설마 무겁지는 않겠지?”

“물론이에요. 나는 나무 인형이라 나뭇잎보다도 가벼워요.”

피노키오는 비둘기의 등을 타고 하늘 높이 날아올랐다. 구름이 만져질 듯 가까이 떠 있는 하늘을 나는 것은 기분 좋은 일이었다.

하지만 아래를 내려다보니 아찔하기도 했다.

"와, 하늘은 듣던 대로 넓기도 하네요."

"그럼, 끝이 안 보이지. 난 말이야, 하늘을 날 때가 가장 좋아. 아니, 행복해!"

비둘기가 말했다.

"나도 당신처럼 날 수 있다면 좋겠어요."

피노키오는 하늘을 날 수 있는 비둘기가 부러웠다.

"그럴 테지. 하지만 알고 나면 그런 생각이 싹 없어질지도 몰라."

"왜요?"

"하늘이 생각보다 무서운 곳이거든. 사나운 독수리도 살고 매도 살지. 난 너 같은 인형이나 장난감이 부러운걸. 중요한 건 말이지, '무엇이 되는 것보다 어떻게 사느냐'라고 생각해. 착한 마음으로 열심히 사는 것! 이게 중요하다고 봐."

비둘기의 말은 피노키오의 가슴에 큰 울림으로 남았다.

저녁 무렵이 되자 비둘기가 숨찬 소리로 말했다.

“목이 몹시 마르구나.”

피노키오도 말했다.

“난 배가 고픈데요.”

마침 버려진 비둘기 집이 보였다. 둘은 그 비둘기 집으로 들어가 먹을 것을 찾았지만, 집 안에는 물 한 대야와 씨가 가득 든 바구니만 있었다. 피노키오는 지금껏 씨를 먹어 본 적이 없었지만 이날은 아주 맛있게 먹었다. 부지런히 요기를 한 둘은 다시 길을 떠났다.

그리고 다음 날 아침에 바닷가에 도착했다. 비둘기는 피노키오를 내려 주자마자 고맙다는 인사도 받지 않은 채 멀리 날아가 버렸다.

바닷가에는 웬일인지 사람들이 많이 모여 웅성대고 있었다. 무슨 큰일이라도 일어난 모양이었다.

피노키오는 궁금하여 그냥 지나갈 수가 없었다.

“무슨 일이 있나요?”

사람들 틈 사이로 고개를 들이밀며 피노키오가 물었다.

“글쎄, 자식을 잃은 불쌍한 아버지가 아들을 찾겠다면서 배를 타고 바다를 건너고 있단다. 그런데 파도가 엔간히 세야 말이지. 틀림없이 배가 뒤집힐 게다.”

한 할머니가 대답해 주었다.

"배가 어디 있는데요?"

"바로 저기, 내 손가락이 가리키는 곳을 보렴."

할머니가 바다 한쪽을 가리켰다. 하도 멀어서 뚜렷하게 보이진 않았지만 작은 배 안에 사람이 타고 있었다. 유심히 쳐다보던 피노키오가 외마디 소리를 질렀다.

"우리 아버지예요! 아버지가 틀림없어요! 아버지, 아버지이!"

피노키오는 높은 바위 위에 올라가 힘껏 소리쳤다.

손수건을 흔들어도 보고 모자를 벗어서 높이 치켜들기도 하였다. 그때 마침 조각배를 탄 제페토 할아버지가 피노키오를 알아본 모양이었다. 할아버지도 모자를 벗어서 피노키오 쪽으로 흔들어 댔다.

갑자기 폭풍이 온 바다를 삼킬 듯이 몰아쳤다.

배는 폭풍을 이기지 못하고 얼마 못가 그만 바닷속으로 잠기고 말았다.

"쯧쯧, 가엾기도 해라!"

사람들이 혀를 차며 한마디씩 했다.

피노키오는 눈앞이 아득해지면서 땅 밑으로 가라앉는 기분

이었다.

"아버지!"

하염없이 눈물을 흘리던 피노키오는 갑자기 바다로 뛰어들었다.

"아버지를 구해야 해. 아버지! 꼭 살아 계셔야 해요. 흑흑, 아버지!"

피노키오의 몸은 물 위로 조금씩 보이다가 이내 사라졌다.

일벌들의 마을

피노키오는 어떻게 해서든지 빨리 아버지를 살려야겠다는 생각에 밤새 헤엄쳐 갔다. 그러나 아버지를 구하기는커녕 아버지 그림자도 찾을 수가 없었다.

밤새도록 비는 줄기차게 쏟아졌고, 피노키오는 바다 한가운데서 점점 지쳐 갔다. 새벽이 됐을 때, 피노키오는 가까운 곳에 어떤 커다란 것이 떠 있는 것을 보았다. 그건 바다 한가운데 있는 섬이었다.

"아, 살았다!"

피노키오 입에서 기쁨의 소리가 새어 나왔다. 그런데 아무리 힘껏 헤엄을 쳐도 파도가 심해 마음먹은 대로 잘 되지 않았다.

그렇다고 포기할 수는 없었다.

피노키오는 다행히 물결에 휩쓸려 간신히 섬 기슭으로 올라갔다. 얼마나 파도가 심하게 쳤던지 마치 갈비뼈가 부러진 것 같았다. 하지만 살아남은 것만으로도 천만 다행이었다.

어느덧 하늘은 맑게 개이고 바다도 점점 잔잔해졌다. 피노키오는 혹시 아버지가 탄 조각배가 보이지 않을까 하고 고개를 길게 빼어 바다를 살폈다. 하늘과 바다 외엔 아무것도 보이지 않았다.

피노키오는 이 섬이 어떤 섬인지 궁금해졌다. 그래서 오솔길을 따라 걸어가 보았다. 반 시간쯤 걷다 보니 조그만 마을이 나왔다. 그런데 이 마을 사람들은 모두 바빠 보였다. 게으름뱅이처럼 보이는 사람은 하나도 없고 모두들 일벌처럼 열심히 일만 했다. 피노키오는 이 마을이 도대체 마음에 들지 않았다.

"첫, 일만 하기 위해서 세상에 태어난 건 아니야."

피노키오는 지친 데다가 일하기도 싫고, 배도 몹시 고팠다. 차라리 동냥을 하기로 했다.

이때 한 아주머니가 물이 가득 담긴 항아리를 두 개나 든 채 걷는 게 보였다.

"아주머니, 제발 저에게 물 한 모금만 주시겠어요?"

피노키오가 기운 없는 목소리로 간신히 부탁하자, 아주머니
는 걸음을 멈추고 항아리를 내려놓았다.

"목이 타나 보구나. 자, 실컷 마시려무나."

피노키오는 항아리에서 마음껏 물을 퍼마셨다.

"아, 시원해! 목마른 게 가신 것처럼 배고픈 것도 해결되면 얼마나 좋을까?"

피노키오는 저도 모르게 그 말이 튀어나왔다.

이 말을 들은 아주머니는 피노키오에게 상냥히 말하였다.

"이 물 항아리 한 통을 우리 집까지 들어다 주면 큰 빵을 하나 주마. 어떠냐?"

피노키오는 항아리만 물끄러미 바라볼 뿐 아무 대답도 하지 않았다.

"맛있는 과자도 줄게."

마음씨 좋은 아주머니가 또 말했다.

"과자! 과자라고요? 좋아요. 하고 싶진 않지만 물 항아리를 들어다 드릴게요. 이것도 좋은 일이니까요."

피노키오는 힘이 없었다. 하지만 과자를 준다는 말에 물 항아리를 머리에 이고 갔다.

집에 도착하자 아주머니는 피노키오를 작은 식탁에 앉히고 약속한 빵과 과자를 주었다. 피노키오는 제대로 씹지도 않은 채 음식을 집어삼키듯 먹어 치웠다.

그동안 텅 비었던 위를 채우기 위해서는 그 방법밖에 없었다. 음식을 눈 깜짝할 사이에 다 먹어 치우고 아주머니께 고맙다는 인사를 하려던 피노키오는 그만 깜짝 놀라고 말았다.

그 아주머니가 천사와 너무도 닮았기 때문이었다.

"왜 그렇게 놀라니?"

아주머니가 웃으며 물었다.

"혹시, 혹시 말이에요, 천사님이 아니신가요? 너무도 닮았어요. 파란 머리카락이며, 목소리며……. 아주머니는 분명히 천사님이 맞지요? 틀림없어요."

피노키오는 아주머니 앞에 무릎을 꿇고 펑펑 눈물을 흘렸다.

약속

아주머니는 처음에는 자기가 천사가 아니라고 잡아뗐다. 그러나 피노키오가 눈물을 흘리며 진심으로 말하자 사실대로 털어놓았다.

"그래, 그래. 네 말이 맞다. 그런데 내가 천사라는 것을 어떻게 알았지?"

"저는 워낙 천사님을 좋아하니까 다 알 수 있어요."

피노키오는 기쁨에 넘쳐 말했다.

천사는 지난번에는 어린 티가 나는 소녀였는데 지금은 어엿한 숙녀가 되어 있었다. 그래서 얼른 알아보지 못한 것 같았다.

"천사님! 이제는 누나라고 하지 않고 어머니라고 불러도 될까요? 저도 다른 아이들처럼 어머니가 있었으면 좋겠어요.”

“물론 그래도 된단다.”

천사는 웃으며 상냥하게 말했다.

“어머니!”

피노키오가 불러 보았다.

천사는 대답 대신 환한 얼굴로 웃어 주었다.

“그런데 어머니! 어떻게 그렇게 빨리 어른이 되었나요?”

“그건 비밀이란다.”

‘비밀’이란 말에 피노키오는 더더욱 알고 싶어졌다.

“가르쳐 주세요. 저도 자라고 싶어요. 절 보세요! 저는 왜 이렇게 똑같기만 하지요?”

“넌 자랄 수 없으니까.”

“왜요?”

“나무 인형은 자라지 않아. 나무 인형으로 태어나면 나무 인형으로 살다가 나무 인형으로 죽는 거야. 그게 나무 인형의 운명이야!”

“나무 인형으로 사는 건 너무 지겨워요. 다른 아이들처럼 진짜 사람이 되고 싶어요!”

피노키오가 냅다 소리쳤다.

“방법이 하나 있긴 있지.”

“그게 뭔데요? 어서 말씀해 주세요, 네?”

피노키오는 두 손을 모아 쥐더니 애원하듯 물었다.

“그야 착한 일을 많이 하면 되지.”

“착한 일이라고요?”

피노키오는 갑자기 시무룩해졌다.

“저는 별로 착한 아이가 아니지요? 그렇지요?”

“그래, 착한 아이는 공부도 열심히 하고 부모님 말씀도 잘 듣고 일하기도 좋아하지. 그렇지만 너는…….”

“맞아요. 전 빈둥빈둥 놀면서 늘 거짓말만 한 나쁜 아이였어요.”

피노키오는 정말 후회가 되었다. 자기가 생각해도 남 앞에 드러내 보이고 싶지 않은 일들만 해 왔기 때문이었다.

“하지만 천사님, 이제부터는 착한 아이가 되겠어요.”

피노키오는 천사를 보며 굳게 마음을 다져 먹었다.

그런데 갑자기 궁금한 것이 떠올랐다.

“저는 어머니께서 돌아가신 줄 알고 얼마나 슬펐는지 몰라요. 어머니는 죽지 않았나요?”

“나는 죽었던 게 아니란다.”

“하지만 무덤이 있었는데요?”

“그것은 네 버릇을 고쳐 주려고 그랬던 거야. 나는 그때 네가 슬프게 울면서 후회하는 것을 보고, 너도 마음씨 착한 아이라는 걸 알았단다. 그래서 너를 여기까지 찾아온 거지. 네 어머니가 되려고 말이야.”

천사가 설명해 주었다.

피노키오는 기뻤다. 그래서 천사 아니, 어머니에게 뽀뽀를 했다.

“피노키오야, 그럼, 내일부터는 학교에 가겠지?”

천사가 피노키오의 손을 잡고 물었다.

천사의 갑작스런 물음에 피노키오는 다시 시무룩해져 대답을 않고 머뭇거렸다.

천사가 다시 물었다.

“피노키오! 학교에 가기 싫으니?”

“음, 저는요, 학교에 가기에는 나이가 너무 많아요.”

“그럼 일을 배우렴.”

“일을 하기에는 나이가 너무 어려요.”

천사는 한숨을 푹 내쉬었다.

“피노키오! 잘 들어라! 공부에는 때가 없단다. 너는 지금도

늦지 않았어. 그리고 이 세상을 살아가려면 반드시 자기 힘으로 열심히 일해서 먹고 살아야 하는 거란다. 게으른 것은 아주 나쁜 병이야. 반드시 고쳐야 해!"

피노키오는 마음이 착잡했다.

잠시 후, 깊이 생각한 끝에 결심한 듯 말했다.

"좋아요. 이제는 정말 열심히 공부하겠어요. 그리고 어머니가 하라는 대로 하겠어요. 절대로 예전처럼 지내진 않을 거예요. 그러니 착한 아이가 되도록 어머니가 도와주세요, 네?"

"물론 도와줘야지. 그렇지만 중요한 건 네 자신이란다. 이제부터는 모든 게 네가 하기 나름이란 말이다."

천사가 힘주어 말했다.

나쁜 친구들

다음 날, 피노키오는 약속한 대로 학교에 갔다. 피노키오의 기대와는 달리 학교는 조금도 즐겁지 않았다.

"어? 이상한 애가 왔다!"

피노키오를 본 아이들은 나무 인형이 학교에 왔다고 비웃으며 놀려 댔다.

"애들아, 애 머리 좀 봐!"

"애는 코가 우리랑 달라!"

"피부도 우리하고는 딴판이야!"

어떤 아이는 피노키오 모자를 빼앗고, 어떤 아이는 머리카락을 잡아당겼다. 또 다른 아이는 피노키오의 얼굴에 수염을 그리겠다며 달려들기도 했다.

피노키오는 화가 났지만 참으려고 애를 썼다. 천사와 단단히 약속을 했기 때문이었다.

"이러지 마! 난 놀림감이 되려고 학교에 온 게 아니야. 열심히 공부해서 훌륭한 사람이 되려고 온 거야."

피노키오가 점잖게 말했다.

그러자 한 아이가 입을 삐죽거리며 되받아 말했다.

"쳇! 나무 인형 주제에 말은 그럴 듯하게 하는구나. 너무 건방진데……."

"흥, 못생긴 게 잘난 척을 해!"

옆에 있던 아이는 코웃음을 쳤다.

"난 말이야, 학교에 오기 전에 기대가 컸어. 공부도 공부지만 좋은 친구를 많이 사귈 수 있다고 생각했거든. 그러니 너희들이 좋은 친구가 돼 주었으면 해. 물론 나도 좋은 친구가 되도록 노력할게."

피노키오는 또 한 번 점잖게 말했다. 하지만 아무 소용이 없었다.

"어쭈? 이젠 선생님처럼 말하네."

"얘가 우릴 가르치려고 해!"

“이제 보니 아예 우리들을 깔보고 있잖아!”

아이들이 다투어 한마디씩 지껄여 댔다.

그때, 특히 심술궂은 한 아이가 피노키오의 코를 비틀려고 달려들었다. 피노키오는 더 이상 참지 못하고 재빨리 책상 밑으로 발을 뻗어 그 아이의 무릎을 힘껏 걷어찼다.

“우와, 힘이 대단한걸!”

아이들은 깜짝 놀랐다. 무릎을 채인 아이가 벌렁 나자빠졌기 때문이었다.

피노키오는 거기서 멈추지 않았다. 이번에는 아까 자기를 심하게 놀리던 아이의 옆구리를 팔꿈치로 호되게 때려 주었다.

아이들은 피노키오가 바보 같은 나무 인형인 줄 알았는데 몸이 재빠르고 힘이 세다는 걸 알자 다시는 피노키오를 놀리지 않았다. 오히려 피노키오에게 잘 보이려고 했고, 도와주려고 애를 썼다.

피노키오는 열심히 공부했다. 성적도 쑥쑥 올랐다. 선생님도 피노키오를 귀여워해 주었다. 피노키오는 학교 안에서 점점 유명해졌다. 아이들은 피노키오가 지나가면 부러운 눈으로 쳐다보곤 했다.

“얘들아, 저 피노키오는 걷는 것도 멋지지. 그치?”

"공부도 아주 잘한다며?"

아이들의 수군대는 소리가 끊이지 않았다.

피노키오는 열심히 공부를 한 덕분에 우등생이 되었다. 친구들의 호감도 얻어서 인기 높은 아이로 칭찬이 자자했다.

그러던 어느 날, 천사가 피노키오를 불러 말했다.

"피노키오, 그동안 정말 잘했다! 내일은 드디어 네 소원이 이루어지겠구나."

피노키오는 무슨 말인지 몰라 어리둥절한 표정으로 물었다.

"천사님, 아니 어머니, 무슨 말씀이세요?"

"내일부터 너는 나무 인형이 아닌 진짜 사람이 될 거야."

피노키오의 소원은 사람처럼 자라서 어른이 되는 것이었다. 하지만 나무 인형이었으므로 자랄 수가 없었다. 그런데 지난 일 년 동안 착한 아이로 잘 지냈기 때문에 천사는 피노키오를 진짜 사람으로 만들어 줄 생각이었다.

내일은 정말 기쁘고 즐거운 날이 될 것이다.

피노키오와 천사는 내일 큰 잔치를 열기로 했다.

친구 심지

피노키오는 친구들을 초대하려고 집을 나섰다.

천사는 늦기 전에 돌아오라고 피노키오에게 단단히 일렀다. 피노키오는 콧노래를 흥얼거리며 춤을 추듯 걸었다. 이 집 저 집 다니며 친구들을 초대했다.

그런데 단 한 친구만 집에 없었다. 그 친구의 이름은 '로메오'인데, 사람들은 그를 '심지'라고 불렀다. 키가 크고 말라서 등이 심지 같아 보였기 때문이다.

피노키오는 심지를 무척 좋아했다. 하지만 천사는 심지가 좋지 않은 아이니까 조심하라고 여러 번이나 일러 주었다.

심지를 찾으러 마을 여기저기를 돌아다니던 피노키오는 마

침내 길모퉁이에 앉아 있는 심지를 만났다.

"심지야, 여기서 뭘 하고 있니?"

피노키오는 반가워 그렇게 물었다.

"마차를 기다리고 있어."

"웬 마차?"

피노키오는 궁금한 얼굴로 물었다.

"놀이 천국으로 가는 마차 말이야."

"놀이 천국? 거긴 어떤 곳인데?"

"우리 같은 아이들에게는 신나는 천국이지. 거기에는 학교가 없어. 물론 선생님도. 그뿐인 줄 아니? 공부를 안 해도 돼. 게다가 목요일마다 아무 일도 하지 않고 쉰단다. 그런데 그 천국에는 말이지, 일주일 가운데 육 일이 목요일이고 나머지 하루는 일요일이야."

심지의 말에 피노키오는 가슴이 설렜다.

'아, 그런 나라가 있다면 얼마나 좋을까?'

솔직히 말해서 피노키오는 공부를 하는 동안 알게 모르게 애를 많이 썼다. 놀고 싶은 것도 참아야 했고, 가고 싶은 곳도 꾹 참아야 했다. 게다가 선생님이 매일 내주는 숙제는 또 어땠고. 심지는 계속 신이 나서 말했다.

"방학은 단 한 번뿐이지만 일월부터 십이월까지야. 어때? 너도 가고 싶지 않니?"

피노키오는 호기심이 생겼지만, 그렇지 않은 척 둘러댔다.

"싫어. 난 내일이면 진짜 사람이 된다고. 그리고 앞으로도 계속 착한 아이가 될 거야."

피노키오는 그만 집으로 돌아가야겠다고 생각했다. 그러나 한편으론 놀이 천국으로 간다는 그 마차를 꼭 한 번 보고 싶기도 했다.

"얼마나 기다리면 마차가 오니?"

피노키오가 물었다.

"어두워지면 곧 나타날 거야."

"섭섭하구나! 그럼, 안녕!"

피노키오는 심지에게 인사는 했지만 그 자리에 그대로 서 있었다. 천사한테 조금 혼이 나더라도 마차를 구경하고 가야겠다고 생각했기 때문이었다.

'어떻게 생긴 마차일까?'

피노키오는 궁금하여 참을 수가 없었다.

어느덧 캄캄한 밤이 되었다. 멀리서부터 경쾌한 방울 소리와 나팔 소리를 울리며 마차 한 대가 나타났다.

"야, 온다! 마차가 온다!"

심지가 벌떡 일어나 소리쳤다.

"정말 마차네!"

피노키오도 마차의 반짝이는 불빛을 바라보며 외쳤다.

"피노키오, 너도 같이 가자. 어때?"

심지가 말했다.

"글쎄……."

어느새 피노키오의 마음은 흔들리고 있었다.

놀이 천국

드디어 마차가 도착했다. 스물네 마리의 당나귀가 끌고 있었
는데, 바퀴에는 실을 감아서 덜컹거리는 소리도 나지 않았다.

딱딱한 길을 달리면서도 마치 양탄자 위를 달리는 것처럼 보
였다. 키가 작고 뚱뚱한 마부가 생글생글 웃고 있었다.

마차 안은 여덟 살에서 열두 살까지의 아이들로 가득 찼다.
좁은 마차 안에서도 아이들은 행복해했다.

잠시 후면 학교도 없고 공부도 없는 나라로 갈 수 있기 때문
이었다.

심지는 얼른 마차에 올라탔다. 피노키오는 그 자리에 서서
부러운 듯 마차를 탄 아이들을 바라보았다.

마부가 생글생글 웃으며 피노키오에게 다
가왔다.

"얘야, 너는 왜 마차에 타지 않니?"

"저도 가고 싶지만, 전 남아 있어야 해요. 공부를 해야 하거
든요."

"그래? 그렇다면 할 수 없지. 참 안됐구나. 이렇게 좋은 기
회를 놓치다니!"

마부는 피노키오를 그냥 두고 떠나려 했다. 그럴수록 피노키오는 그 마차가 더욱 타고 싶어졌다.

이때 심지가 마차 밖으로 고개를 내밀었다.

"피노키오, 같이 가자!"

"천사님이 무척 화내실 텐데……."

"천사님은 잊어버려. 놀이 천국에 가면 그만인데 뭘……."

"그래도 될까?"

피노키오는 가슴이 콩닥콩닥 뛰었다.

따라가고 싶기는 한데 기다리고 있을 천사님 생각을 하니 차마 그럴 수가 없었다.

"빨리 결정해."

심지가 피노키오에게 재촉을 하였다.

피노키오는 숨을 한 번 크게 쉬었다. 그리고 또 한 번 크게 쉬었다.

"좋아요. 나도 가겠어요!"

피노키오는 자신도 깜짝 놀랄 만큼 큰 소리로 외쳤다.

"정말이지? 한번 올라타면 내리지 못해!"

마부가 말했다.

"가겠다고요."

“좋아!”

마부는 웃으며 피노키오를 당나귀 등에 태웠다.

마차는 어두운 밤길을 신나게 달렸다.

아이들은 손뼉을 치고 즐거운 노래를 부르며 야단들이었다.

마차가 자갈길을 한참 달려가고 있을 때였다. 어디선가 이상한 소리가 들려왔다.

“이 바보 멍청아! 너는 곧 후회하게 될 거야.”

피노키오는 두리번거리며 주위를 살펴보았다. 하지만 도무지 그 목소리의 주인공을 찾아낼 수 없었다.

“잘 들어. 집을 뛰쳐나와 빈둥거리며 살아간다는 것이 얼마나 한심한 일인지 알아? 너는 지금 속고 있어. 곧 눈물을 흘리며 후회하게 될 거야. 아니, 평생 오늘밤을 잊지 못할 거야. 이 바보야!”

또다시 가냘픈 목소리가 들려왔다.

“어? 이 소리는!”

피노키오는 그 목소리가 어디서 나는지 알아냈다.

그것은 마차를 끄는 당나귀 목소리였다.

여러분도 궁금할 것이다.

그 당나귀는 왜 피노키오에게 그런 말을 했을까?

하지만 그 이야기는 일단 뒤로 미루자. 지금은 놀이 천국에 대해 더 알고 싶은 게 많을 테니까.

마차는 계속 밤길을 달렸고, 아이들은 어느새 모두 잠들어 버렸다. 흔들리는 마차가 마치 요람이라도 되는 듯, 아주 깊은 잠에 빠졌다.

얼마나 달렸을까? 어둠이 걷히면서 뿌연 새벽이 왔고, 이윽고 햇살이 비치기 시작했다.

아침이 되었을 때 마차는 드디어 놀이 천국에 도착했다. 놀이 천국은 아주 딴 세상이었다. 어른은 안 보이고 어린이들만 살았다. 제일 나이 많은 아이가 열네 살이었고, 제일 어린 아이가 여덟 살이었다.

그러다 보니 거리는 어린이들의 웃음소리와 노랫소리, 고함으로 가득 찼다. 어디를 가나 아이들로 넘쳐 났다. 공놀이를 하는 아이들, 숨기놀이를 하는 아이들, 자전거를 타는 아이들, 광대 옷을 입고 춤을 추는 아이들, 나무 막대기 칼을 들고 전쟁놀이를 하는 아이들, 굴렁쇠를 굴리는 아이들, 물구나무를 서는 아이들……. 모두 어린이들뿐이었다.

거기다 학교에도 가지 않고, 어른들의 심부름을 하는 일도 없었다. 하루 종일 놀기만 했다.

거리의 벽에는 여기저기 낙서가 씌어 있었는데, 제대로 된 글자는 하나도 없었다. '천국 나라 만세'는 '처구 나라 마세'로, '학교는 필요 없다'는 '하교는 피요 업다'로, '수학은 정말 싫어'는 '수하근 저말 실어'라고 쓰여 있었다. 글자를 배우긴 배운 것 같은데 제대로 배우지 못한 듯했다. 아니면 제대로 배웠는데도 노는 데 정신이 팔려 그만 잊어먹은 모양이었다.

그러나 아이들은 모두 행복하고 즐거워 보였다. 누구 하나 숙제 같은 것 때문에 걱정스런 표정을 짓거나, 시험 성적 때문에 근심을 하는 일은 털끝만큼도 없어 보였다. 그저 아침부터 저녁까지 내내 웃음소리만 들렸다.

피노키오와 심지는 이곳 아이들과 금방 친해졌다. 둘은 아이들과 섞여 놀이와 오락으로 지내다 보니 하루가 어찌나 빨리 지나가는지 몰랐다.

"심지, 나를 이렇게 좋은 나라로 데려와 주다니……. 정말 고마워!"

피노키오는 심지를 볼 때마다 고맙다는 말을 잊지 않았다.

"네가 좋아하니 다행이야. 난 네가 공연히 왔다고 하면 어찌나 하고 걱정했단 말이야."

심지가 웃으며 말했다.

“그런 걱정은 하지 마. 난 매일매일이 즐겁고 행복해!”

노는 시간은 다른 시간보다 빨리 지나갔다. 피노키오가 노는 데 흠뻑 빠져 있는 동안에 다섯 달이 훌쩍 지나가 버렸다.

피노키오는 그동안 글자 한 자 읽지 않고 정말 신나게, 오로지 놀기만 하였다. 누가 공부하라고 하지도 않고, 심부름도 시키지 않아서 더욱 좋았다.

당나귀가 된 피노키오

그러던 어느 날이었다. 피노키오는 그날도 하루 종일 놀다가 지쳐서 잠이 깊게 들었다. 그런데 잠결에 이상한 느낌이 들었다. 머리를 긁적이는데 무엇이 자꾸 손에 걸렸다. 잠에서 깨어 보니 글쎄, 귀가 한 뼘이 넘게 자라 있었다.

피노키오는 태어날 때부터 귀가 아주 작았다. 하도 작아서 일부러 눈여겨봐야만 보일 정도였다. 그랬는데 밤사이 귀가 한 뼘이나 길어졌으니 놀라 기절할 지경이었다.

피노키오는 자신의 귀를 보려고 세숫대야에 물을 가득 붓고 들여다보았다. 그리고 정말 보고 싶지 않은 자신의 모습을 보고야 말았다. 당나귀 귀처럼 커다란 귀 한 쌍이 얼굴 양옆에

떡하니 붙어 있었다.

"아, 어떡해? 내 귀!"

피노키오는 어찌할 바를 몰라 머리를 벽에 쾅쾅 부딪치기도 하고 방 안을 펄쩍펄쩍 뛰어다니기도 하였다. 그러면 그럴수록 귀는 더욱 커졌다. 귀 끝에는 털까지 나기 시작했다.

"안 돼! 내 귀……."

피노키오는 무섭고 괴로워서 고함을 질러 댔다.

그 소리를 듣고 위층에 사는 다람쥐가 뛰어 내려왔다.

"무슨 일이야, 이웃 친구?"

다람쥐는 절망에 빠진 피노키오를 보고는 걱정스레 물었다.

"몸이 이상해. 내 귀 좀 봐!"

피노키오는 볼썽사납게 자란 귀를 손으로 가리켰다.

"쯧쯧, 이거 큰일이네! 아주 나쁜 병에 걸렸어."

"나쁜 병이라고?"

피노키오가 물었다.

"그래, 피노키오! 너는 당나귀가 될 열병에 걸린 거야."

피노키오는 온몸의 힘이 쭉 빠졌다.

"나무 인형이 어떻게 당나귀가 된단 말이야?"

마치 자신의 귀를 그렇게 만든 게 다람쥐라도 되는 듯 쏘아

붙였다.

"피노키오, 안됐지만 넌 이제 나무 인형도 진짜 사람도 될 수 없어."

"그럼 난 어떡해?"

"넌 당나귀가 되어서 너를 이 나라로 데려다 준 바로 그 당나귀들처럼 평생 짐을 끌게 될 거야."

다람쥐는 안됐다는 듯 말했다.

'아, 진작 깨달았어야 했는데……'

피노키오는 그제야 모든 것을 알 것 같았다. 처음 놀이 천국으로 오는 마차를 탔을 때 그 마차를 끌던 당나귀가 해 주었던 충고가 떠올랐던 것이다. 그 당나귀도 바로 피노키오처럼 집을 나와 놀이 천국에서 펑펑 놀기만 하다가 그렇게 된 것이 틀림없었다.

"아, 나는 왜 이렇게 바보 같을까? 천사님과 아버지의 말씀을 듣지 않아 또 벌을 받는 거야. 그때 그 당나귀 말만 귀담아 들었더라도……"

피노키오는 슬퍼서 엉엉 울다가 갑자기 심지 생각이 났다.

'심지는 어떻게 됐을까?'

심지도 자기처럼 벌을 받을지 모른다는 생각이 들었다.

“심지를 찾아보자.”

피노키오는 방을 나가려다 길쭉한 귀가 생각났다.

남들이 보지 못하도록 커다란 모자를 코 밑까지 눌러 썼다. 그러고 나서야 심지를 찾아 나섰다.

거리와 광장, 극장까지 이곳저곳 아무리 둘러봐도 심지는 보이지 않았다. 마주치는 사람들에게 물어봐도 다들 못 봤다며 고개를 저었다.

피노키오는 하는 수 없이 심지의 집으로 찾아가 문을 두드렸다. 다행히도 안에서 심지 목소리가 났다.

“나야, 피노키오.”

피노키오는 빨리 심지의 얼굴을 보고 싶었다.

“잠깐만 기다려. 나갈게.”

잠시 후 문이 열리더니 심지가 나왔다. 심지도 피노키오처럼 커다란 모자를 코 밑까지 눌러 쓰고 있었다.

‘그래, 심지도 나랑 똑같은 병에 걸린 거야!’

피노키오는 속으로 생각했다.

“심지야, 너 왜 그렇게 큰 모자를 쓰고 있니?”

반가움도 잊은 채 그것부터 물었다.

그러자 심지는 시무룩한 얼굴로 말했다.

“다리를 다쳤어. 그래서 쓰고 있는 거야. 그런데 피노키오, 너는 왜 모자를 쓰고 있니?”

“응, 나도 발을 다쳤기 때문에 모자를 썼어.”

저도 모르게 또 거짓말이 나오고 말았다.

심지와 피노키오는 이제 곧 당나귀가 될 텐데도 서로 거짓말만 했다.

“심지, 너 모자 좀 벗어 볼래?”

피노키오가 말했다.

“아니, 너부터 벗어 봐. 그럼 나도 벗을게.”

“아니야. 너부터!”

“아니라니까. 네가 먼저 벗으면 나도!”

둘은 그렇게 서로 먼저 모자를 벗어 보라고 성화를 부렸다. 그러다가 피노키오와 심지는 하나, 둘, 셋 하고는 동시에 모자를 벗기로 했다.

그게 가장 공평한 방법이라고 생각했기 때문이었다.

“하나! 둘! 셋!”

“앗!”

역시 생각했던 대로 둘 다 볼썽사나운 당나귀 귀를 하고 있었다. 둘은 처음에는 상대편의 꼴이 하도 우스워서 서로 마주

보며 웃고 또 웃었다.

그러나 잠시 후, 피노키오와 심지는 누가 먼저랄 것도 없이 서로 부둥켜안고 엉엉 울기 시작했다.

"피노키오, 우리 꼴이 이게 뭐니?"

"심지야, 우린 어떡하지?"

그런데 더 이상한 것은 그들의 울음소리가 사람 울음소리가 아니라는 것이었다. 슬픈 당나귀 울음소리였다. 거기에다 이제는 몸뚱이마저도 점점 변해 갔다. 팔은 쑥쑥 늘어나 다리와 길이가 같아지고, 엉덩이가 툭 불거져 나와서 더 이상 똑바로 서서 걸을 수조차 없었다. 등에는 털이 수북이 돋아났고, 얼굴도 길쭉하게 변해 버렸다.

"으흐흐흐, 흐흐……."

"으흐흐흐, 히히……."

피노키오와 심지는 당나귀 소리로 크게 울고 또 울었다.

그때 문 두드리는 소리가 들렸다.

"문 열어라. 너희들을 데리러 왔다. 어서 문 열어!"

서커스단

피노키오와 심지는 무서워 벌벌 떨면서 문을 열지 않았다. 그러자 밖에 있던 사람이 문을 부수고 들어왔다. 마부였다.

"아하하하, 너희들의 울음소리를 듣고 당나귀로 변한 줄 알았지. 하하하!"

평소에는 언제나 생글생글 웃던 마부가 갑자기 사나운 악당처럼 웃었다.

마부는 피노키오와 심지의 털을 잘 빗기며 말했다.

"시장에 내다 팔려면 무엇보다도 털이 중요해. 사람들은 당나귀의 털을 보고 건강한 당나귀인지 아닌지 판단하거든."

피노키오와 심지는 소스라치게 놀랐다.

"안 돼요! 나는 집에 가야 해요. 아버지가 기다리고 계신단 말예요."

"나도 안 돼요! 학교에 가야 해요."

피노키오와 심지는 목청껏 큰 소리로 외쳤다. 하지만 그건 사람의 말이 아니라 당나귀 울음소리였다.

"왜들 이래! 시끄럽게 굴지 마!"

마부는 피노키오와 심지의 머리통을 쥐어박았다.

피노키오는 너무 슬퍼서 가슴이 아팠다. 하지만 달리 뾰족한 방법이 없었다.

심지도 눈물을 흘리며 울었다.

마부는 당나귀가 된 피노키오와 심지를 시장으로 끌고 갔다. 시장은 벌써 사람들로 발 디딜 틈도 없었다.

"자, 힘 좋은 당나귀가 왔어요! 당나귀요!"

마부의 말에 사람들이 하나둘씩 모여들었다.

사람들은 피노키오와 심지의 몸 이곳저곳을 만져 보기도 하고, 탁! 탁! 두드려 보기도 했다. 건강 상태가 어떤지 알아보는 것이었다.

곧 흥정이 시작되었다. 값이 너무 비싸니 깎아 달라느니, 더 이상은 못 깎아 준다느니…….

마부와 말을 살 사람들이 입씨름을 했다. 흥정은 쉽게 끝나지 않았다. 그동안 피노키오와 심지는 슬픈 얼굴로 그 모든 광경을 지켜봐야만 했다. 너무 견디기 어려웠다.

그리고 마침내 피노키오는 서커스단에, 심지는 농사꾼에게 팔려갔다.

여러분은 이제 놀이 천국이 어떤 곳인지, 마부가 어떤 사람인지 알았을 것이다. 마부는 친절하고 상냥한 사람 같았지만 사실은 공부하기 싫어하는 아이들을 꾀어 실컷 놀게 한 다음 당나귀가 되면 시장에 내다 파는 아주 나쁜 장사꾼이었다.

서커스단에 팔려 간 피노키오는 어떻게 되었을까?

피노키오는 지금까지와는 전혀 다른 환경에서 새로운 삶을 살아야 했다.

첫 번째 어려움은 '꼴'이라는 풀을 먹는 일이었다. 그 풀은 어찌나 억센지 먹고 나면 항상 배가 아팠다. 그렇지만 다른 것은 주지 않았기 때문에 죽지 않으려면 먹는 수밖에 없었다.

두 번째는 재주넘는 법을 배우는 일이었다. 재주넘기는 결코 쉬운 일이 아니었다. 조금만 게으름을 피우거나 실수를 해도 가차 없이 채찍을 맞았다.

게다가 실수를 하는 날엔 꼴마저 주지 않아 물로 배를 채워야만 했다. 그건 고통 중에도 가장 참기 힘든 고통이었다.

"꾀를 부리거나 요령을 피우면 매밖에 없다는 걸 명심해!"

"말썽만 피워 봐라. 밥도 주지 않겠어!"

서커스단 단장은 피노키오에게 으름장을 놓았다.

피노키오는 열심히 연습했다. 이젠 어쩔 수 없다는 것을 알았기 때문이다. 연습만이 살아남을 수 있는 유일한 길이었다.

피노키오가 불평 한마디 없이 열심히 연습하는 것을 본 단장은 매우 흐뭇해했다.

"역시 넌 똑똑해! 비싼 값을 주고 사 온 보람이 있어."

단장은 입을 헤벌리고 웃곤 했다.

매일 꼴만 먹으며 고된 훈련을 한 지 3개월이 지났다. 피노키오를 지켜보던 단장이 마침내 고개를 끄덕였다. 그만하면 됐다고 생각하는 것 같았다.

드디어 서커스단의 공연이 시작되었다.

거리에는 커다란 공연 안내 전단지가 나붙었다.

천재 재주꾼 당나귀 피노키오

특별 대공연!

트럼펫 소리가 울려 퍼졌다.

갖가지 색깔의 천들로 장식된 서커스단의 천막에는 사람들이 구름처럼 몰려들었다.

피노키오는 화려하게 치장을 하고 있었다. 반짝반짝 빛나는 가죽 고삐, 비단 리본이 매달린 꼬리, 금과 은으로 띠를 두른 몸……. 그야말로 눈이 부셨다.

단장은 관객들에게 피노키오를 소개했다.

"존경하는 관객 여러분! 거짓말 하나 안 보태고, 거친 산과 뜨거운 들판을 달리던 이 동물을 길들이는 데 들인 공은 이만저만이 아닙니다. 저 당나귀의 눈에서 뿜어져 나오는 광채를 보십시오! 또 갈기와 맵시 있는 꼬리를 보십시오! 이 당나귀는 여러분이 지금껏 보아 오신 그런 당나귀와는 확연히 다른 당나귀입니다. 저는 이 당나귀를 본 순간, 이건 하늘이 주신 선물이라 생각하고 짐을 끌도록 하는 대신 재주를 부리도록 가르쳤다는 거 아니겠습니까? 자, 그럼 어떤 재주를 부리는지 똑똑히 보시고 잘한다 싶으면 손바닥에서 불이 일도록 박수를 쳐 주시면 고맙겠습니다!"

단장은 관객들에게 다시 정중하게 인사를 했다.

그러고는 피노키오에게 말했다.

“자, 피노키오! 공연을 시작하기 전에 우리 서커스단을 찾아
주신 신사 숙녀, 그리고 어린이 관객 여러분에게 인사를 올려
야지!”

피노키오는 무릎이 땅에 닿도록 얌전히 굽혀 인사를 했다.
관객들은 답례로 박수를 쳤다.

이윽고 단장이 채찍을 휘두르며 명령을 내렸다.

“걸어가!”

피노키오는 벌떡 일어나 걸음을 떼었다.

관객들은 또 박수를 쳤다. 단장이 다시 외쳤다.

“조금 빨리!”

피노키오는 좀 더 빨리 걸었다. 박수가 또 터졌다.

“달려!”

피노키오는 달리기 시작했다.

박수 소리가 더욱 커졌다.

“전속력으로!”

피노키오는 있는 힘껏 달렸다. 관객들도 있는 힘껏 박수를
쳤다. 손가락을 입에 넣어 휘파람 소리를 내는 관객도 있었다.

피노키오가 무대를 돌며 달리고 있을 때 단장이 갑자기 팔을
치켜들어 총을 ‘탕!’ 하고 쏘았다.

피노키오는 총에라도 맞은 듯 바닥에 픽 쓰러지더니 죽은 시늉을 했다. 박수 소리와 환호 소리가 천막 안을 뒤흔들었다. 잠시 뒤, 죽은 시늉을 하던 피노키오가 천천히 일어나 관객들을 쳐다보았다.

관객들은 즐거워하며 박수를 쳤다.

그때였다. 관객들을 바라보던 피노키오는 온몸이 얼어붙는 것 같았다. 구경꾼들 가운데 천사가 앉아 있는 것을 보았기 때문이었다.

피노키오는 너무나도 기뻐서 온 힘을 다해 불렀다.

"천사님, 천사님! 아니, 어머님!"

그러나 그것은 사람의 소리가 아닌 당나귀의 울음소리일 뿐이었다.

극장 안은 금세 웃음바다가 되었다.

아이들은 발까지 구르며 난리였다.

"아, 어머님! 천사님!"

피노키오는 계속해서 천사를 불렀고, 관객들은 웃음과 박수로 환호했다.

"피노키오! 뭐 하는 거냐? 다음 공연을 해야지!"

단장이 외쳤다. 그러나 피노키오의 눈은 여전히 천사가 앉아

있는 객석에 머물러 있었다.

"아, 천사님! 어머님!"

아무도 피노키오의 마음을 읽지 못했다.

"힘내라, 피노키오! 이제 고마우신 관객들께 굴렁쇠를 멋지게 통과하는 것을 보여 드릴 차례다!"

단장은 채찍을 마룻바닥에 '탁!' 하고 내리쳤다.

피노키오는 굴렁쇠 앞에서 멈칫하더니 통과하기는커녕 밑으로 지나가 버렸다.

단장이 다시 채찍을 내리쳤다. 피노키오는 이번에도 굴렁쇠를 통과하지 않고 밑으로 지나가 버렸다. 관객들이 실망하는 소리가 터져 나왔다.

"여러분! 죄송합니다. 지금까지는 저 당나귀가 장난을 친 겁니다. 저 녀석은 가끔 이런 장난을 좋아하지 뭡니까! 아주 웃기는 녀석이죠. 자, 이번에는 꼭 통과하는 것을 보여 드리겠습니다!"

단장은 피노키오를 향해 눈을 부라렸다. '이번에도 밑으로 지나가기만 해 봐라'고 하는 것 같았다. 단장은 아까보다도 더 세게 채찍을 내리쳤다.

결국 피노키오는 통과하기는 했다. 하지만 뒷다리가 굴렁쇠에 걸리는 바람에 반대편으로 고꾸라지고 말았다. 관객들의 한숨 소리가 장내를 울렸다. 자리에서 일어난 피노키오는 다리를 절었고, 결국 절뚝이며 무대 뒤로 나가야 했다.

다음 날 아침, 피노키오를 진찰한 수의사는 절망적인 말을 했다.

"단장님, 이 당나귀는 평생 불구로 살아야겠는데요."

단장은 체념한 듯 고개를 끄덕였다. 그러고는 마구간에서 일하는 소년을 불렀다.

"절름발이 당나귀를 어디다 쓰겠어? 공연히 사료 값만 나가지. 당장 시장에 가서 싼값에라도 팔아 버려!"

시장에 나간 피노키오는 두 냥에 팔려 바닷가 근처 바위로 끌려갔다. 피노키오를 산 사람은 가죽이 필요했다.

그는 피노키오의 목에 돌을 매단 다음, 한쪽 다리를 밧줄로 묶었다. 그러고는 피노키오를 와락 떠밀어 바다에 풍덩 빠뜨렸다. 피노키오는 목에 돌을 매단 채 바닷속으로 가라앉았다.

새 주인은 밧줄을 쥔 채 바위 위에 앉아 당나귀가 죽기를 기다렸다. 한 시간쯤 지난 뒤였다.

"지금쯤이면 절름발이 당나귀가 죽었겠지. 끌어 올려서 가죽을 손질해야겠다."

　새 주인은 중얼거리며 밧줄을 잡아당기기 시작했다. 그런데 물 위로 올라온 것은 죽은 당나귀가 아니라 뱀장어처럼 꿈틀거리며 살아 있는 꼭두각시 인형이었다.

　"아니, 이게 도대체 어떻게 된 노릇이지? 바다에 빠뜨린 당나귀는 어디로 간 거야?"

　새 주인은 꿈을 꾸고 있다고 생각했다.

　피노키오가 웃으며 대답했다.

　"아저씨, 제가 그 당나귀인데요."

　"이런 장난꾸러기 녀석, 어른을 놀리면 못써!"

　"놀리다니요? 말도 안 돼요. 농담 아니라고요."

　"예끼! 이젠 거짓말까지 하는구나. 당나귀가 어떻게 나무 인형이 됐단 거냐?"

　"바다에 빠졌기 때문이에요. 바다는 가끔 기적을 일으키거든요. 그런데 아저씨, 이 밧줄 좀 풀어 주실 수 없나요? 갑갑해서 도저히 이야기를 할 수가 없어요."

　새 주인은 밧줄을 풀어 주었다.

　"전 원래 이런 나무 인형이었어요. 다른 어린이들처럼 진짜 어린이가 되려고 했지요. 그런데 공부하기가 싫다 보니 나쁜 친구들 말에 넘어가 결국 집을 나갔지 뭐예요. 그리고 이런저런 안 좋은 일을 당하게 됐지요. 결국 당나귀가 되었고, 서커스단에 팔려 갔지요. 그런데 공연 중 앞으로 고꾸라지는 바람에 절름발이가 되자 시장에 끌려가 또 팔리는 신세가 되었고, 이렇게 주인님을 만나게 된 거지요. 절 사신 이유가 북을 만들려고 한 거 아녜요?"

"그랬지. 그러니까 걱정 아니냐? 어디 가서 당나귀를 얻느냐 말이다."

새 주인이 피노키오를 보며 아쉬운 얼굴로 말했다.

"걱정 마세요. 세상엔 당나귀들이 천지니까요."

"또 나를 놀리는구나. 네 이야기는 이제 다 끝났냐?"

"아뇨, 주인님이 저를 죽이려고 바다에 던졌고, 저는 물속으로 가라앉았어요. 그때 물고기들이 제가 죽은 줄 알고 달려들더니 살점을 뜯어먹기 시작했어요. 그러다 보니 저는 이렇게 뼈대만 앙상하게 남았지 뭐예요. 본래의 나무 인형이 되고 만 거지요. 그러니 앞으로 생선은 잡수시지 마세요. 생선 속에서 제 꼬리가 나올지도 모르니까요."

"내가 너를 살 때 든 두 냥은 어디 가서 돌려받아야 하지?"

새 주인이 어이없다는 표정을 지으며 물었다.

"그거야 모르죠. 저하고는 아무 상관이 없으니까요."

“아, 이제 생각이 났다. 네가 나무 막대기가 됐으니 시장에
내다가 땔감으로라도 팔아야겠다.”

“좋을 대로 하세요. 그럼, 전 이만…….”

피노키오는 몸을 날려 바닷속으로 뛰어들었다.

새 주인은 피노키오가 뛰어든 바다를 멍하니 바라보았다.

상어 배 속

피노키오는 어디로 헤엄쳐 가야 할지 몰랐다.

그래도 쉬지 않고 물살을 갈랐다. 바다 한가운데쯤 왔을 때였다. 이상한 바람이 휘몰아쳤다. 뒤를 돌아보니 거대한 괴물이 쫓아오고 있었다. 바로 상어였다.

"하필이면 상어를 만나다니!"

피노키오는 있는 힘껏 달아났지만, 상어는 너무 빨랐다. 안타깝게도 피노키오는 얼마 못 가서 그만 상어의 먹이가 되고 말았다.

'아, 이제 꼼짝없이 죽었다!'

피노키오는 눈을 질끈 감았다. 죽더라도 아프지나 않으면 좋을 것 같았다. 그런데 좀 이상했다. 죽은 것 같기도 하고, 살아 있는 것 같기도 했다. 피노키오는 살그머니 눈을 떠 보았다. 주위는 새까만 먹물처럼 캄캄했다.

어디가 어딘지 도무지 알 수가 없었다. 정신을 가다듬고 찬찬히 주위를 둘러보았다.

어둡고 조용했다. 찬바람만 조금씩 불어올 뿐 아무 소리도 들리지 않고, 아무것도 보이지 않았다.

피노키오는 한참 만에야 자신이 상어 배 속에 들어와 있다는 것을 깨달았다. 아까 그 찬바람은 바로 상어 허파에서 불어오는 것이었다. 피노키오는 울며불며 상어 배 속을 탕탕 구르며 법석을 떨었다.

“살려 줘, 살려 줘! 나를 살려 달란

말이야!”

피노키오는 울다가 그만 지쳐 버렸다.

그때 어둠 속에서 작은 목소리가 들려왔다.

“이렇게 소란을 피우는 게 누구냐?”

피노키오는 깜짝 놀라 물었다.

“그러는 너는 누구니? 나는 피노키오야.”

“나는 다랑어야. 너처럼 상어에게 잡아먹힌 물고기야.”

“난 물고기는 아니야. 나무 인형이지.”

“쳇, 물고기나 나무 인형이나 다 소용없어. 상어 밥으로 죽기는 마찬가지니까.”

피노키오는 이대로 죽고 싶지 않았다.

“다랑어야, 어디 도망갈 구멍이 없을까?”

“쳇, 그런 건 일찌감치 포기하는 게 좋을 거야. 상어가 우리를 천천히 소화시킬 때까지 그럭저럭 살다가 죽는 수밖에 없어.”

피노키오는 슬며시 오기가 생겼다.

“흥, 난 그렇게 죽지 않을 거야. 꼭 도망쳐서 살아남을 거라고. 두고 봐!”

“쯧쯧, 네 마음대로? 그건 쉽지 않을걸.”

　다랑어는 어떻게든 살려고 발버둥치는 피노키오가 오히려 가여웠다.

　"쉽지는 않겠지만 노력은 해 봐야지. 그냥 가만히 앉아서 죽는 것은 말도 안 돼."

　피노키오는 주먹을 불끈 쥐며 말했다.

　"그게 되겠어? 어디 해 볼 테면 해 봐."

　다랑어는 헛수고라는 듯 이죽거렸다.

다시 만난 아버지

　다랑어와 헤어진 피노키오는 멀리서 반짝이는 불빛을 발견했다. 피노키오는 그 불빛을 향해 한 걸음 한 걸음 상어 몸속을 걸어갔다. 질퍽질퍽하고 미끈미끈한 웅덩이를 지나갔다. 물에서는 생선 썩는 냄새보다 더 지독한 냄새가 났다. 불빛이 있는 곳까지 간신히 다가갔을 때 피노키오는 자신의 눈을 의심했다. 깜짝 놀란 것은 말할 것도 없었다.

　과연 피노키오는 무엇을 보았기에 그렇게 놀랐을까? 거기에는 너무도 뜻밖의 광경이 펼쳐져 있었다. 음식이 차려진 작은 탁자 위에 양초가 타고 있었고, 머리가 눈처럼 흰 한 노인이 앉아 있었다.

노인은 물고기를 먹는 중이었는데, 그 물고기가 파닥거리는 것으로 봐서 산 물고기였다.

"아니?"

노인을 바라보던 피노키오의 눈이 더 이상 커질 수 없을 정도로 커졌다. 노인은 바로 그토록 찾아 헤매던 제페토 할아버지였기 때문이다.

처음에 피노키오는 너무 기쁘고 놀라 할아버지를 부르지도 못했다. 이곳에서 아버지를 만날 줄은 꿈에도 생각하지 못했기 때문이다.

목이 멘 피노키오가 한참 만에 외쳤다.

"아버지! 오, 아버지!"

"아니 넌……."

피노키오를 알아본 할아버지도 너무 놀라 말을 잇지 못했다. 둘은 부둥켜안고 엉엉 울었다. 뺨을 비비기도 하고 서로의 얼굴을 다시 바라보기도 하면서 어쩔 줄 몰랐다.

"피노키오, 그동안 어디서 무얼 했느냐?"

"네, 아버지! 다 말씀드릴게요."

피노키오는 마음이 좀 가라앉자 할아버지와 헤어진 후의 일들을 모두 말했다.

할아버지가 학교에 가라며 외투를 팔아 책을 사 준 날, 학교를 빼먹고 인형극을 보러 간 일, 인형들과 소란을 피우다가 죽을 뻔한 일, 단장한테서 받은 금화 다섯 닢을 가지고 다니다가 여우와 고양이의 꼬임에 빠졌던 일, 강도를 만났던 일, 천사를 만나 겨우 살아난 일, 다시 마부의 꼬임에 넘어가 놀이 천국에 갔다가 당나귀가 되었던 일 등등…….

피노키오는 밤새 자신의 이야기를 다 한 후에 할아버지에게 물었다.

“아버지는 상어 배 속에 갇힌 지 얼마나 되셨어요?”

“한 이 년 되었구나. 하지만 이 년이 마치 이백 년은 되는 것처럼 아주 끔찍했단다.”

“그럼 지금까지 어떻게 사셨어요? 무얼 드셨어요? 이런 촛불은 어디서 구했나요? 누가 주던가요?”

피노키오는 한꺼번에 질문을 쏟아냈다.

궁금한 게 너무 많았기 때문이었다.

“피노키오, 서두르지 마라. 다 이야기해 주마. 폭풍우에 배가 뒤집힌 그날, 상선 한 척도 함께 침몰했단다. 선원들은 모두 목숨을 건졌지만 배는 바다 밑으로 가라앉고 말았지. 그때 배가 몹시 고팠던 상어가 상선까지 삼켜 버렸지 뭐냐. 엄청나게 큰 상어인데다가 성질마저 포악한 녀석이었지.”

“그래서 어떻게 됐나요?”

피노키오가 깜짝 놀라 물었다.

“상선이 통째로 상어 입에 들어갔으니 어떻게 되었겠니? 상선에 있던 물건들도 다 들어간 거지. 빵, 포도주, 치즈, 커피, 설탕, 고기, 양초, 비스킷, 성냥……. 없는 게 없었단다.”

“아, 이제 알았어요. 아버지가 지금까지 살아오실 수 있었던 것은 그것 덕분이군요. 맞지요?”

피노키오가 깔깔대며 웃었다.

"맞고말고. 사람이 살려니까 그런 일도 다 생기더구나. 아주 놀랍지 않느냐? 하하하."

"놀라워요. 하하하!"

할아버지와 피노키오는 서로 마주 보며 한참이나 웃었다.

"그런데 말이다, 이젠 그것마저 다 떨어지고 촛불도 이게 마지막이구나."

할아버지 목소리가 어두워졌다.

"그럼 아버지, 우리 도망가요."

할아버지의 이야기를 열심히 듣던 피노키오가 말했다.

하지만 할아버지는 고개를 설레설레 저었다.

"상어 배 속에서 도망치는 건 너무 어려워. 그동안 나도 여러 차례 기회를 엿보았지만 그때마다 어렵다는 걸 알았단다."

"아니에요. 도망칠 수 있어요. 아버지는 제 등에 업히세요. 제가 헤엄쳐 갈게요."

"하지만 어느 구멍으로 도망을 간단 말이냐?"

"들어온 길이 있으면 반드시 나가는 길도 있겠지요. 상어 입으로 들어왔으니 상어 입으로 나가면 될 거예요."

"그게…… 뜻대로 될까?"

"된다고 믿어야지요. 그런 말 있잖아요? 모든 일은 마음먹기에 달렸다!"

어른스런 피노키오의 말에 할아버지는 눈을 크게 뜨고 다시 쳐다보았다.

"너 그런 말을 어디서 배웠니?"

"학교에서요. 선생님이 그러셨어요. 마음이 강한 사람 앞에서는 칼을 든 사람도 결국 무릎을 꿇게 된다고요."

"그럼, 마음이 중요하고말고. 학교 선생님이 그러셨다고? 그래서 사람은 학교에 다녀야 하는 거야. 그래, 어디 나가 보자꾸나!"

마침내 할아버지가 결심한 듯 말했다.

피노키오는 할아버지를 등에 업고 상어 몸통과 위를 지나 한참을 걸어갔다. 그리고 드디어 목구멍에 이르자 걸음을 멈추고 주위를 살폈다. 이제 이빨 사이를 통과하기만 하면 되었다.

상어는 나이가 아주 많은 데다가 천식과 심장병을 앓고 있었다. 그 때문에 잠을 잘 때는 입을 크게 벌린 채 잤다.

피노키오와 할아버지가 도착해서 위를 바라보니 커다랗게 벌린 입 밖으로 밤하늘의 별들이 수를 놓고 있었다.

"바로 지금이에요, 아버지!"

피노키오가 할아버지를 업고 이빨 사이를 막 빠져나가려는 때였다. 상어가 갑자기 요란하게 재채기를 했다. 그 바람에 피노키오와 할아버지는 다시 배 속으로 굴러 떨어지고 말았다.

“그것 봐라. 도망치기가 어렵다니까.”

할아버지는 포기하려 했다.

“아니에요, 아버지. 우리 다시 해 봐요. 틀림없이 나갈 수 있어요.”

피노키오는 다시 할아버지를 업고 혓바닥까지 기어올랐다.

“상어가 또 재채기를 하면 어쩌지?”

등에 업힌 아버지가 잔뜩 겁먹은 목소리로 말했다.

“쉿! 조용히 하세요. 상어가 알아들을지도 몰라요.”

피노키오가 주의를 주었다.

할아버지는 겁이 나는지 피노키오의 등에 납작 엎드린 채 숨도 쉬지 않았다.

혓바닥을 기어오른 피노키오는 숨을 한 번 들이마신 뒤 이번에는 날카로운 이빨 사이를 잽싸게 빠져나갔다. 다행히 상어가 재채기를 하지 않았다.

아, 드디어 상어 배에서 탈출한 것이다. 그렇다고 모든 것이 다 끝난 것은 아니었다. 이제부터는 바닷속을 헤엄쳐야 했다.

할아버지는 헤엄을 전혀 치지 못했으므로 피노키오는 할아
버지를 계속 등에 업은 채 헤엄을 쳐야 했다.

"피노키오, 힘들지?"

"네, 하지만 끝까지 할 수 있어요."

피노키오는 힘이 들었지만 멈출 수 없었다.

다행히 바다는 아주 잠잠했다.

상어는 아무것도 모르고 쿨쿨 잠만 잤다.

사람이 된 피노키오

피노키오는 쉬지 않고 헤엄을 쳤다.

피노키오의 등에 업힌 할아버지는 열병에 걸린 사람처럼 심하게 떨었다. 추위 때문일까? 무서움 때문일까? 어쩌면 둘 다일지도 몰랐다.

피노키오는 무서움 때문일 것이라고 생각했다.

"아버지, 힘내세요! 조금만 가면 바닷가 마을에 닿을 거예요. 기운 차리세요."

피노키오는 할아버지를 위로해 드리려고 일부러 명랑하게 말했다. 하지만 자신도 몹시 지쳐 있었다.

헤엄을 치고 또 헤엄을 쳐도 바다만 펼쳐질 뿐 육지는 보이지 않았다.

"아, 더 이상 못 가겠다!"

피노키오는 숨이 차서 헉헉 댔다.

등에 매달린 할아버지는 점점 늘어졌다. 피노키오나 할아버지나 곧 죽을 것만 같았다.

"살려 주세요! 살려 주세요!"

피노키오는 간신히 소리쳤다.

그러자 어디선가 커다란 물고기가 쏜살같이 헤엄쳐 왔다. 바로 상어 배 속에서 만났던 다랑어였다.

"어, 네가 어떻게 여기 있어?"

겨우 정신을 차린 피노키오가 물었다.

"나도 도망쳤지. 피노키오 네가 아버지를 업고 도망치는 것을 보고 나도 용기를 얻었단다."

"그것 참 잘됐구나. 어쨌든 고마워."

"아니야. 진짜 고마운 건 나야, 피노키오. 너는 나에게 용기를 주었어. 그래서 나도 살아날 수 있었던 거야. 자, 내 등에 업혀. 아버지랑 같이."

다랑어가 재촉했다.

"아버지와 내가 업혀도 헤엄칠 수 있겠어?"

피노키오는 걱정이 되어 물었다.

"물론이고말고. 내 덩치를 봐."

다랑어가 제 몸을 내보였다. 그러고 보니 대단한 몸매였다. 두 살 먹은 송아지보다 크면 컸지 작지 않아 보였다.

"고마워. 그럼 신세를 좀 질게."

피노키오는 할아버지와 함께 다랑어 등에 업혔다.

"꽉 잡아. 자 간다."

다랑어는 두 사람을 태우고 가볍게 바다를 헤엄쳐 나갔다. 덩치가 큰 만큼 물살을 가르는 힘도 대단해서 얼마 안 가 육지에 닿았다.

"친구야, 네가 우리 아버지를 살렸어. 어떻게 고맙다고 인사를 해야 할지 모르겠어. 정말 고마워. 오래오래 아니 영원히 잊지 않을게."

피노키오는 진심으로 말했다.

"아니야, 내가 한 게 뭐 있다고. 난 네 덕분에 상어 배 속에서 탈출한 건데……. 오히려 내가 고맙다는 인사를 해야지. 아무튼 잘 가."

다랑어는 피노키오와 할아버지를 바닷가 기슭에 내려놓고 물속으로 사라졌다.

“너도 잘가.”

피노키오는 다랑어에게 인사를 하였다.

그러고 나서는 지쳐서 힘이 없는 아버지를 등에 업고 다시 길을 걸었다.

그런데 놀랍게도 길모퉁이에서 어디서 많이 본 얼굴들을 만났다. 바로 알아보지는 못했다. 한참 뒤에야 그들이 고양이와 여우라는 것을 알았다.

“아니, 당신들은? 그런데…… 어쩌다가?”

그랬다! 오랫동안 장님 행세를 하던 고양이는 진짜 장님이 되었고, 여우는 폭삭 늙은 데다 몸 한쪽은 좀이라도 먹은 것처럼 털이 몽땅 빠지고 꼬리까지 없었다. 그뿐만이 아니었다.

“아, 피노키오, 불쌍한 우리에게 한 푼만 주렴.”

“한 푼만 주렴.”

이제는 완전히 거지 노릇을 하며 살고 있었다.

“정말 뻔뻔하군.”

고양이와 여우는 자신들의 잘못을 빌 생각은 안 하고 오히려 한푼만 도와달라고 말했다.

“우릴 버리지 마!”

“버리지 마!”

따라 하는 것도 여전히 똑같았다.

"이 거짓말쟁이들! 남의 물건이나 훔치며 살면 언젠가는 꼭 벌을 받는 법이야! 지금이라도 반성을 하라고!"

피노키오는 실컷 욕을 해 주고 싶었다. 하지만 속아 넘어간 자신의 잘못도 있었으므로 참기로 했다.

"모두 내 잘못이야. 내가 속아 넘어간 게 잘못이었지. 남을 원망하는 건 좋은 일이 아니야."

피노키오는 아버지를 업은 채 걷고 또 걸어서 어느 작은 마을에 도착했다. 마침 오두막집이 보였다.

피노키오는 반가운 마음으로 문을 두드렸다.

"여보세요! 여보세요! 우리를 좀 도와주세요."

안에서는 아무런 대답이 없었다.

다행히도 문이 조금 열려 있었다.

피노키오는 살그머니 문을 밀어 보았다. 그러자 어디서 많이 듣던 목소리가 들려왔다.

"안녕, 피노키오."

소리는 천장에서 들렸다. 대들보 위에 바로 말하는 귀뚜라미가 앉아 있었다.

피노키오는 기어들어 가는 목소리로 공손히 인사를 했다.

“안녕, 사랑하는 귀뚜라미야! 옛날엔 내가 너무 잘못했어. 용서해 주겠니?”

“방금 ‘사랑하는’이라고 했니? 날 쫓아내려고 망치를 집어 던진 거 기억하니?”

“기억하고말고. 나중에 얼마나 후회했다고. 그러니까 귀뚜라미야, 너도 날 쫓아내. 하지만 부탁이야. 우리 아버지만은 내쫓지 마. 응?”

귀뚜라미는 고개를 저었다.

“아니야. 그건 다 지난 일인걸. 난 다만 네가 저지른 나쁜 행동을 일깨워 주고 싶었을 뿐이야.”

귀뚜라미의 말에 피노키오는 다시 한 번 미안한 마음을 가득 담아 말했다.

“알았어. 다시 한 번 용서를 빌게.”

“그래, 용서해 주지. 용서의 표시로 이 집을 너와 네 아버지에게 주겠어. 하지만 먹을 음식은 직접 일해서 얻어야 해. 알겠지?”

귀뚜라미는 피노키오에게 단호하게 말했다.

“알았어. 고마워.”

귀뚜라미의 은혜로 피노키오는 그 집에서 살게 되었다. 그리

나 할아버지는 그동안 너무 고생을 한 탓인지 그만 병들어 앓아누웠다.

"어떻게든 다시 아버지 건강을 되찾아야 해!"

피노키오는 이제부터 자신이 열심히 일해서 아버지를 편히 모셔야겠다고 결심했다.

그날부터 피노키오는 동네의 물 긷는 일이며, 바구니 짜는 일 등을 닥치는 대로 해서 아버지를 보살폈다. 세상에 태어나 처음으로 아버지를 보살피면서 피노키오는 말할 수 없는 기쁨을 느꼈다.

"피노키오, 네가 고생이 많구나!"

"아니에요, 전 괜찮아요."

피노키오는 완전히 달라졌다. 낮에는 열심히 일하고, 저녁에는 읽기와 쓰기도 공부했다.

시내에 나가 헌책을 싼값에 사서 공부했고, 펜은 나뭇가지를 깎아 썼다. 잉크와 잉크병도 없어 버찌나 오디 즙을 작은 병에 모아 조금씩 찍어 썼다.

피노키오가 그렇게 열심히 산 덕에 할아버지의 건강은 많이 좋아졌다. 돈도 새 옷을 살 만큼 모았다.

그러던 어느 날, 피노키오는 채소밭에 물 긷는 일을 하러 갔다가 불쌍한 당나귀 한 마리를 보았다. 그 당나귀는 너무 고되게 일하고 밥은 거의 얻어먹지 못해 지쳐서 죽어 가고 있었다.

"아니, 넌?"

피노키오는 한눈에 그 당나귀가 심지라는 것을 알아차렸다.

"피노키오!"

심지가 모기 소리만 한 목소리로 피노키오를 불렀다.

"그래, 심지야, 이게 도대체 어떻게 된 거야?"

"나는 이제 틀렸어. 너무 잘못 살았어!"

불쌍한 심지는 더 이상 버티지 못하고 결국 죽어 버렸다.

피노키오는 죽은 심지를 떠올리며 자기는 정말 다행이라고 생각했다. 천사님이 구해 주셔서 나귀로 죽지도 않았고, 이제는 열심히 일하는 보람도 알게 되었으니 말이다.

며칠 후, 피노키오는 그동안 어렵게 모아 둔 돈으로 학교에 갈 옷을 사러 갔다. 이제 아버지의 병도 거의 나은 데다 새 옷을 입고 학교에 갈 생각을 하니 너무나 기뻤다.

피노키오가 길을 한참 걷고 있을 때 누군가 불렀다.

"피노키오, 나야 나. 달팽이!"

천사의 집에 살던 달팽이였다.

피노키오는 천사의 소식을 알 수 있을 것 같아 달팽이에게

반갑게 인사를 했다.

"달팽이야, 예쁜 달팽이야. 천사님은 지금 어디 계시니?
무얼 하고 계시니? 만나 뵐 수 있을까?"

피노키오는 궁금한 것들을 한꺼번에 물었다.

달팽이는 여전히 느릿느릿 대답했다.

"천사님은 말이지, 지금 병원에 계셔. 불행한 일을 너무
많이 겪으셔서 병이 나셨어. 게다가 빵 한 조각 살 돈도 없

단다.”

“아, 천사님! 모두 제가 잘못한 탓이에요.”

피노키오는 천사가 앞에 있기라도 하듯이 말했다.

“자, 이 돈을 천사님께 갖다 드리렴. 가엾은 천사님!”

피노키오는 울면서 옷 살 돈을 달팽이에게 모두 주었다.

“알았어. 네가 좋은 아이가 됐다고 천사님께 전할게.”

“고마워. 안녕.”

집으로 돌아온 피노키오는 더 열심히 일했다.

새벽부터 한밤중까지 쉬지 않고 일해서 그 돈을 천사에게 보내 드렸다. 물론 아버지에게 맛있는 것을 사 드리는 것도 잊지 않았다.

어느 날, 피노키오는 일에 지쳐서 깊은 잠에 빠졌다.

“피노키오, 장하구나!”

꿈속에 천사가 나타나 말했다.

“너의 잘못을 모두 용서해 주마. 병든 아버지를 간호하고 불쌍한 사람들을 도와주는 일은 정말 칭찬받을 만한 일이란다. 앞으로도 계속 착한 아이가 되어라.”

천사는 피노키오의 뺨에 입을 맞추고는 사라졌다.

피노키오는 천사를 붙들려고 버둥거리다가 잠이 깨었다.

그런데 그때 놀라운 일이 일어났다. 낡고 초라했던 피노키오네 집이 으리으리한 대궐처럼 변한 것이었다. 게다가 피노키오의 침대 옆에는 새 옷과 새 모자, 새 신발이 나란히 놓여 있었다. 피노키오가 그토록 갖고 싶어 했던 것들이!

이게 다가 아니었다. 피노키오가 깜짝 놀라 일어섰을 때 주머니 속에서는 금화가 짤랑거리는 소리가 났다.

"아버지, 아버지!"

피노키오가 아버지를 불렀다. 그런데 할아버지도 몰라보게 변해 있었다. 할아버지는 피노키오가 그렇게 사 드리고 싶어 했던, 금실과 은실로 짠 옷에 다이아몬드 단추가 달린 멋진 외투를 입고 있었다.

"아버지, 이게 어떻게 된 거예요?"

"모두 너의 착한 마음씨 덕분이란다. 네가 착한 아이가 되었으므로 천사님께서 선물하신 거지."

할아버지는 피노키오에게 더 기쁜 소식을 알려 주었다.

"피노키오, 얼른 가서 거울을 보렴."

피노키오는 할아버지가 시키는 대로 거울 앞에 섰다.

"아! 아……!"

피노키오는 무어라 말할 수 없이 기뻤다. 이제 나무 인형이 아닌 진짜 사람이 되었기 때문이었다.

"하하하, 아주 멋진 소년이 되었구나."

"아버지, 소원이 이루어졌어요. 진짜 사람이

되었어요! 그런데 옛날 나무 인형 피노키오

는 어디에 있지요?"

"저기를 보아라."

할아버지는 의자를 가리켰다.

의자 위에는 힘없이 늘어진 보기 흉한 나무 인형이 비스듬히 앉아 있었다. 모로 돌아간 머리에 축 늘어진 팔, 구부러진 채 포개진 다리를 보니 이렇게 서 있는 게 신기했다.

"아, 내가 나무 인형이었을 때는 얼마나 우스꽝스러웠을까. 이제는 진짜 사람이 되었으니 정말 착하게 살아야겠다."

피노키오는 그 나무 인형을 보면서 중얼거렸다.

● **이해 능력 Level Up!**

1. 피노키오는 어떻게 해서 태어나게 되었나요?

   1) 갑자기 나무토막이 제페토 할아버지 집에 나타나서

   2) 어떤 사람이 나무 인형을 만들어 달라고 해서

   3) 나무토막이 자신을 써서 인형을 만들어 달라고 해서

   4) 제페토 할아버지가 춤추고 칼싸움하는 나무 인형을 만들고 싶어서

   5) 제페토 할아버지가 아이들에게 선물해 주려고 나무 인형을 만들어서

2. 제페토 할아버지가 순경에게 잡혀간 뒤 집에 돌아온 피노키오에게 다음과 같이 말한 것은 누구인가요?

> "부모님 말씀을 듣지 않고 함부로 집을 나가는 아이들은 꼭 나쁜 일을 당하게 돼. 그런 아이는 행복해질 수가 없어. 언젠가는 후회하게 될 거야."

   1) 이웃 사람   2) 순경 아저씨   3) 천사
   4) 귀뚜라미   5) 피노키오의 친구

3. 학교에 가겠다는 피노키오의 말에 제페토 할아버지가 알파벳 책을 사기 위해 판 것은 무엇인가요?

1) 나무 깎는 연장　　　　2) 보물　　　　3) 집에 있던 가구
4) 외투　　　　　　　　　5) 신발

4. 집에 돌아온 제페토 할아버지가 문을 열어 달라고 하자 피노키오
   가 밑줄 친 것처럼 말한 이유는 무엇인가요?

> "빨리 문 열어!"
> 할아버지가 계속 소리쳤다.
> "문을 열 수가 없어요."
> "어째서?"

1) 너무 오래 누워 있어서
2) 누군가 두 다리를 묶어 놓아서
3) 문을 열어 주기 싫어서
4) 고양이가 다리를 물고 있어서
5) 두 다리가 타 버려서

5. 천막 극장에서 공연하던 인형들이 피노키오를 보고 반가워하며
   무대로 올라오라고 한 것은 무엇 때문인가요?

1) 피노키오가 자신들과 같은 인형이기 때문에
2) 피노키오와 아주 친했기 때문에
3) 사람들을 재미있게 해 주려고
4) 피노키오가 연기를 무척 잘했기 때문에
5) 피노키오가 극장에 손님을 많이 데리고 왔기 때문에

6. 피노키오가 인형 극단 단장 앞에서 다음과 같이 말한 것은 무엇 때문인가요?

그러자 피노키오가 벌떡 일어나 빵 부스러기 모자를 벗어 던지며 말했다.
"정 그러시다면……. 차라리 저를 장작으로 쓰세요. 문지기 아저씨, 어서 저를 꽁꽁 묶어서 불에 던지세요.

1) 단장이 땔나무 살 돈이 없다고 말해서

2) 인형들이 피노키오에게 쓸모없는 존재라고 말해서

3) 단장이 아를레키노를 장작 대신 불에 던지라고 해서

4) 단장이 피노키오에게 땔나무 살 돈을 내라고 해서

5) 자신의 재주를 보여 주려고

7. 피노키오가 인형 극단의 단장에게 금화를 받아 집으로 돌아가는 길에 만난 것은 누구누구인가요?

1) 천사와 요정　　　　　　　2) 여우와 고양이

3) 귀뚜라미와 여우　　　　　4) 강아지와 고양이

5) 여우와 늑대

8. 금화를 몇 배로 늘릴 수 있다는 꾀임에 빠진 피노키오에게 충고를 해 준 것은 누구인가요?

1) 귀뚜라미의 유령　　　2) 천사　　　　　3) 제페토 할아버지

4) 인형 극단의 단장　　　5) 길을 걸어가던 나그네

9. 숲에서 강도를 만난 피노키오는 다음과 같은 행동을 했습니다. 피
   노키오는 왜 이런 행동을 했을까요?

그래서 손짓 발짓 해 가며 '나는 한 푼도 없어요.' 하는 시늉을 해 보였다.
'제발 한 번만 봐 주세요.' 하는 뜻으로 꾸벅꾸벅 절을 해 보이기도 하였다.

   1) 입 안에 금화를 숨겨 말을 할 수 없었기 때문에
   2) 너무 놀라서 말을 할 수 없어서
   3) 강도가 귀머거리였기 때문에
   4) 말을 못 하는 척해야겠다고 생각해서
   5) 강도가 그렇게 하라고 시켜서

10. 강도에게서 도망친 뒤 천사를 만난 피노키오가 거짓말을 하자
    어떤 일이 일어났나요?

   1) 갑자기 하늘에서 천둥이 쳤다.
   2) 피노키오의 코가 길어졌다.
   3) 피노키오의 몸이 커졌다.
   4) 무서운 유령이 나타났다.
   5) 천사가 어디론가 사라졌다.

11. 피노키오에게 제페토 할아버지 소식을 전해 주고 바닷가까지 등
    에 태워 데려다 준 것은 누구인가요?

   1) 비둘기   2) 고양이   3) 천사   4) 독수리   5) 강아지

12. 천사를 다시 만난 피노키오는 다음과 같이 말했습니다. (   ) 안
    에 공통적으로 들어갈 말은 무엇인지 본문에서 찾아보세요.

> "천사님! 이제는 누나라고 하지 않고 (   )라고 불러도 될까요?
> 저도 다른 아이들처럼 (   )가 있었으면 좋겠어요."

    1) 천사님   2) 어머니   3) 하느님   4) 선생님   5) 친구

13. 피노키오가 간절하게 바라는 소원은 무엇이었나요?

    1) 아버지와 행복하게 사는 것   2) 아주 큰 부자가 되는 것
    3) 사람이 되는 것   4) 매일 뛰어노는 것
    5) 하늘나라를 구경하는 것

14. 피노키오의 친구 심지가 함께 가자고 한 놀이 천국에 대한 설명
    이 아닌 것을 고르세요.

    1) 학교나 선생님이 없는 나라
    2) 목요일마다 아무 일도 하지 않는 나라
    3) 공부할 필요가 없는 나라
    4) 1월부터 12월까지 방학이 계속되는 나라
    5) 1주일 중 3일만 공부하고 3일은 쉬는 나라

15. 놀이 천국으로 가는 마차를 탄 피노키오에게 다음과 같이 말한
    것은 누구인가요?

1) 마차를 끌고 가는 나귀
2) 하늘을 날아가던 비둘기
3) 피노키오 옆에 있던 친구
4) 마차를 모는 마부
5) 마차 지붕 위에 있던 생쥐

16. 놀이 천국에 간 피노키오와 심지는 결국 어떻게 되었나요?

　　1) 친구들과 아주 재미있는 놀이를 하며 즐겁게 보냈다.
　　2) 노는 데 질려서 열심히 공부하게 되었다.
　　3) 놀이 천국에 더 많은 친구들을 데리고 오기 위해 노력했다.
　　4) 놀이 천국으로 가는 마차를 몰게 되었다.
　　5) 신나게 놀다 당나귀로 변해 팔려 갔다.

17. 피노키오가 상어 배 속에 들어가게 된 이유는 무엇인가요?

　　1) 날씨가 너무 더워 수영을 하다가 상어에게 잡아먹혀서
　　2) 서커스단에서 팔린 뒤 새 주인한테서 도망치다가
　　3) 누가 더 용기 있는지 내기를 하기 위해
　　4) 묘기를 보여 주려고 바닷속에 들어갔다가 상어에게 잡혀서
　　5) 산책하다가 잘못해서 바닷속에 빠져서

18. 제페토 할아버지는 무엇을 먹으며 상어 배 속에서 살아갔나요?

 1) 상어가 삼킨 커다란 배 안에 있던 통조림과 빵 등의 음식

 2) 물에 빠질 때 가지고 있던 빵과 음식

 3) 상어가 삼킨 물고기

 4) 상어 배 속으로 들어오는 물

 5) 상어가 삼킨 또 다른 사람이 가지고 있던 음식

19. 상어 배 속에서 도망쳐 나온 피노키오와 제페토 할아버지를 도
   와주고 다음과 같이 말한 것은 누구였나요?

> "진짜 고마운 건 나야, 피노키오. 너는 나에게 용기를 주었어. 그래서
> 나도 살아날 수 있었던 거야."

 1) 천사   2) 귀뚜라미   3) 달팽이
 4) 피노키오의 친구 심지   5) 다랑어

20. 착하고 성실하게 산 덕분에 마침내 사람이 된 피노키오는 어떤
   결심을 했나요?

 1) 이제부터는 신나게 놀자고 결심했다.

 2) 정말 착하게 살아야겠다고 결심했다.

 3) 인형으로 살았던 기억을 잊어야겠다고 결심했다.

 4) 소원을 이루었으니 이젠 마음대로 행동해야겠다고 생각했다.

 5) 하느님의 말씀을 전하는 목사가 되어야겠다고 결심했다.

● 논리 능력 Level Up!

1. 제페토 할아버지가 나무 인형에게 '피노키오'라는 이름을 지어 준
   이유는 무엇인가요?

2. 다음은 제페토 할아버지가 순경에게 잡혀간 뒤 만난 귀뚜라미가
   한 말입니다. 밑줄 친 말이 가리키는 것은 무엇인지 모두 쓰세요.

> "너 바보구나. 그런 짓만 하면 멍텅구리가 되거나 사람들의 놀림감이
> 된다는 걸 몰라?"

3. 학교에 가던 피노키오는 극장에서 하는 인형극을 보고 싶어합니다. 피노키오가 인형극 입장료를 내기 위해 판 것은 무엇이었나요?

4. 피노키오를 장작으로 쓰려고 하던 인형 극단 단장은 피노키오가 슬프게 울자 재채기를 했습니다. 단장이 재채기를 한 이유는 무엇인가요?

5. 피노키오가 땅에 묻은 금화는 어디에서 난 것인가요?

6. 다음은 놀이 천국으로 간 피노키오가 어느 날 겪은 일입니다. 밑
   줄 친 것이 가리키는 것은 무엇인가요?

> 잠시 후 문이 열리더니 심지가 나왔다. 심지도 피노키오처럼 커다란 모자
> 를 코 밑까지 눌러 쓰고 있었다.
> '그래, 심지도 나랑 똑같은 병에 걸린 거야!'
> 피노키오는 속으로 생각했다.

7. 제페토 할아버지와 상어 배 속에서 탈출한 피노키오는 고양이와 여
   우를 다시 만났습니다. 그 둘은 각각 어떤 모습을 하고 있었나요?

8. 성실하게 살던 피노키오는 나귀로 변한 친구 심지를 보았습니다.
   심지는 결국 어떻게 되었나요?

9. 달팽이에게 천사님이 앓아누웠다는 이야기를 들은 피노키오는
   어떤 행동을 했나요?

10. 지금까지의 잘못을 모두 용서해 주겠다고 말하는 천사님의 꿈을
    꾼 뒤 피노키오에게 일어난 일은 어떤 것들인지 쓰세요.

● 논술 능력 Level Up!

1. 거리로 뛰쳐나간 피노키오를 쫓던 제페토 할아버지는 감옥으로 끌려가게 됩니다. 그때 제페토 할아버지는 피노키오가 말썽을 부린 것이 모두 자신의 잘못이라고 말합니다. 여러분은 제페토 할아버지의 말처럼 자녀의 잘못된 행동이 부모의 책임이라고 생각하나요? 여러분의 생각을 써 보세요.

2. 다음은 귀뚜라미가 피노키오에게 한 말입니다. 밑줄 친 말에 대해 찬성하는지 써 보세요. 또 그렇게 생각하는 이유도 함께 써 보세요.

> "그래, 용서해 주지. 용서의 표시로 이 집을 너와 네 아버지에게 주겠어. 하지만 먹을 음식은 직접 일해서 얻어야 해. 알겠지?"

3. 피노키오는 금화를 몇 배나 불릴 수 있다는 꾐에 빠져 결국 돈을
   모두 잃고 맙니다. 이것을 통해 무엇을 느꼈는지 써 보세요. 또 여
   러분이라면 어떻게 했을지도 써 보세요.

4. 상어 배 속에 들어간 피노키오는 제페토 할아버지가 도망치기 어
   렵다고 포기하려고 할 때 다음과 같이 행동했습니다. 여러분이라
   면 어떻게 했을까요? 또 이런 행동을 통해 피노키오에게 어떤 점
   을 배울 수 있을지 생각해 보세요.

> "그것 봐라. 도망치기가 어렵다니까."
> 할아버지는 포기하려 했다.
> "아니에요, 아버지. 우리 다시 해 봐요. 틀림없이 나갈 수 있어요."
> 피노키오는 다시 할아버지를 업고 혓바닥까지 기어올랐다.

5. 피노키오는 상어 배 속에서 탈출한 뒤 다랑어의 도움을 받습니다.
   다랑어는 피노키오가 제페토 할아버지를 업고 도망치는 것을 보고
   용기를 얻었다고 말합니다. 여러분도 누군가의 행동에 용기를 얻
   은 경험이 있나요? 그 경험에 대해 쓰고 그때 느낀 점도 함께 써
   보세요.

6. 다음은 피노키오가 상어 배 속에서 탈출한 후 다시 만난 고양이와
   여우에게 한 말입니다. 여러분이라면 고양이와 여우에게 어떤 말
   을 해 줄지 써 보세요.

> "이 거짓말쟁이들! 남의 물건이나 훔치며 살면 언젠가는 꼭 벌을 받
> 는 법이야!"

7. 만약 모든 사람들이 피노키오처럼 거짓말을 할 때 코가 자란다면
어떤 일이 일어날까요? 상상해 보세요.

 풀이

이해 능력 Level Up!

1. 4)	2. 4)	3. 4)	4. 5)	5. 1)
6. 3)	7. 2)	8. 1)	9. 1)	10. 2)
11. 1)	12. 2)	13. 3)	14. 5)	15. 1)
16. 5)	17. 2)	18. 1)	19. 5)	20. 2)

논리 능력 Level Up!

1. 제페토 할아버지가 아는 가족의 이름이 피노키오인데 모두 다 행복하게 살고 있으므로 재수가 좋은 이름이라고 생각해서

2. 나비를 잡거나 새 둥지 속의 새끼를 훔치는 일

3. 제페토 할아버지가 사 주신 알파벳 책

4. 피노키오가 가엾게 여겨져서

5. 인형 극단 단장이 어서 아버지에게 돌아가라면서 준 것이다.

6. 당나귀 귀가 생기고 점점 당나귀가 되어 가는 것

7. 고양이는 눈이 멀고, 여우는 폭삭 늙고 꼬리까지 없었다. 그리고 둘 다 털이 빠져서 볼품없는 모습으로 거지 노릇을 하고 있었다.

8. 너무 많은 일을 해서 지쳐 죽었다.

9. 학교에 갈 때 입을 옷을 사려고 열심히 일해 모아 둔 돈을 천사님에

게 가져다 주라고 했다.

10. 피노키오가 살던 집이 으리으리하게 변했고, 새 옷과 새 모자, 새
    신발이 놓여 있었다. 주머니에서는 금화가 짤랑거리고 제페토 할아
    버지는 금실과 은실로 되어 있고 다이아몬드 단추가 달린 옷을 입고
    있었다. 그리고 피노키오는 사람으로 변해 있었다.

논술 능력 Level Up!

1. 예시 : 자녀의 행동에는 부모의 책임이 어느 정도 있다고 생각한다.
    어떻게 교육하느냐에 따라 행동과 성격이 달라지기 때문이다. 예를
    들어 어릴 때부터 저축하는 습관을 길러 주면 어른이 되어서도 열심
    히 저축하는 사람이 된다. 그렇지만 그것이 다는 아니라고 생각한다.
    아무리 부모가 바르게 키우려고 해도 그 말을 듣지 않고 나쁜 길로 빠
    지면 돌이킬 수 없기 때문이다. 사람은 부모뿐 아니라 친구나 학교,
    사회 등 다른 것에서도 영향을 받는다. 어떤 것을 받아들일지는 자신
    이 정하는 것이다. 결국 자신의 성격이나 행동은 자신이 책임져야 하
    는 것이라고 생각한다.

2. 예시 : 귀뚜라미의 말에 찬성한다. 사람은 자신의 손으로 열심히 벌
    어서 먹고살아야 보람도 느끼고 살아가는 기쁨도 느낄 수 있다고 생
    각한다. 이 세상에는 돈이 아주 많아서 일을 하지 않고도 살 수 있는
    사람들도 많다. 부모가 큰 부자인 사람들 말이다. 그렇지만 그런 사
    람들 중에는 행복감을 느끼지 못하고, 공허한 마음에 잘못된 길로 빠
    지는 사람들이 있다. 그런 것을 보면 어려움을 이겨 내고 열심히 일
    하며 성실하게 사는 것이 진짜로 가치 있는 일이라는 생각이 든다.

3. 예시 : 사람들은 돈을 많이 벌 수 있다는 말에 쉽게 속는 것 같다. 열심히 일해야 돈을 벌 수 있다는 것을 잠시 잊고 쉽게 벌고 싶어 하기 때문이다. 돈이 없으면 살기 힘든 사회가 되어 버렸기 때문에 사람들은 더욱 많은 돈이 필요하다고 느껴서 돈을 한꺼번에 벌고 싶어 하는 것이다. 피노키오도 제페토 할아버지와 행복하게 살기 위해서는 많은 돈이 필요하다고 생각했을 것 같다. 내가 피노키오였다고 해도 똑같이 행동했을 것이다. 나도 부자가 되고 싶은 마음이 있기 때문이다. 쉽게 돈을 벌 수 있다는 말에 조금 의심스러워하면서도 하라는 대로 했을 것이다.

4. 예시 : 만약 내가 피노키오였다면 제페토 할아버지처럼 모든 것을 포기했을 것이다. 그렇지만 피노키오는 희망을 버리지 않고 열심히 노력했다. 그것은 정말 대단히 훌륭한 자세라고 생각한다. 불가능한 일이라고 해도 포기하지 않고 도전하는 마음이 없다면 이 세상이 발전하지 못했을 것이다. 모든 일에 도전 정신을 가지고 임하면 이루어 내지 못할 것이 없다고 생각한다. 공부도 마찬가지이고, 내가 되고 싶은 꿈도 마찬가지이다. 도전 정신을 가지고 열심히 노력하면 이룰 수 있을 것이다. 나도 앞으로 피노키오처럼 희망을 가지고 열심히 노력해야겠다.

5. 예시 : 얼마 전 학교에서 선생님께 크게 혼난 적이 있었다. 반 친구 가운데 한 명을 왕따시켰기 때문이었다. 선생님은 화를 내시면서 그 친구에게 잘못한 사람은 당장 사과하라고 말씀하셨지만, 아무도 사과하려 하지 않았다. 그런데 내 짝이 벌떡 일어나 그 아이에게 잘못한 점을 말하고 사과하며 앞으로는 안 그러겠다고 말했다. 나는 짝의 용기 있는 행동에 크게 감동을 받았다. 그래서 나도 용기를 내어

그 아이에게 잘못했다고 말했다. 그러자 다른 아이들도 한 명씩 일어나 사과하기 시작했다. 그 뒤로 우리 반에는 왕따당하는 아이가 없어졌다. 짝이 자신의 잘못을 인정하는 용기 있는 행동을 보여 주었기 때문에 우리 반 모두가 즐겁게 지낼 수 있게 되었다. 나도 그 이후로는 진정한 용기란 어떤 것인지 깨닫고 바르게 행동하기 위해 노력하고 있다.

6. 예시 : 고양이와 여우야! 너희는 다른 이를 속여서 돈을 빼앗아 살아가는 나쁜 행동을 했어. 쉽게 돈을 얻으려는 생각에서 나온 행동이지. 그것은 정말 안 좋은 생각이야. 그런 생각을 하면 할수록 나쁜 길에 빠지게 되고, 그렇게 되면 언젠가는 큰 어려움에 처하게 된단다. 너희가 진짜로 눈이 멀고 절름발이가 된 것만 봐도 알 수 있잖아. 이제부터는 열심히 일해서 생활하도록 노력해 봐.

7. 예시 : 거짓말을 할 때마다 코가 길게 자란다면 아마 절대 거짓말을 못 할 것이다. 여기저기에서 코가 길게 자란 사람들이 당황스러워하고, 그 모습을 본 다른 사람들은 "저 사람이 거짓말을 했네." 하고 손가락질할 것이다. 그럼 좋은 점도 있지만 나쁜 점도 있을 것이다. 정말로 나쁜 거짓말을 못 하게 되는 것은 좋은 일이다. 그렇지만 이 세상에는 나쁜 거짓말만 있는 것은 아니다. 좋은 거짓말도 있다. 좋은 거짓말이란 사람의 마음을 행복하게 해 주거나 안심시켜 주기 위해 하는 거짓말이다. 그런데 그런 거짓말조차 하지 못한다면 세상이 삭막해질 것 같다. 바른 말만 하는 것이 꼭 좋은 것만은 아니다.